樂讀456 075

檸檬水戰爭4

消失的新年鐘

文 賈桂林·戴維斯
圖 陳彥伶
譯 趙丕慧

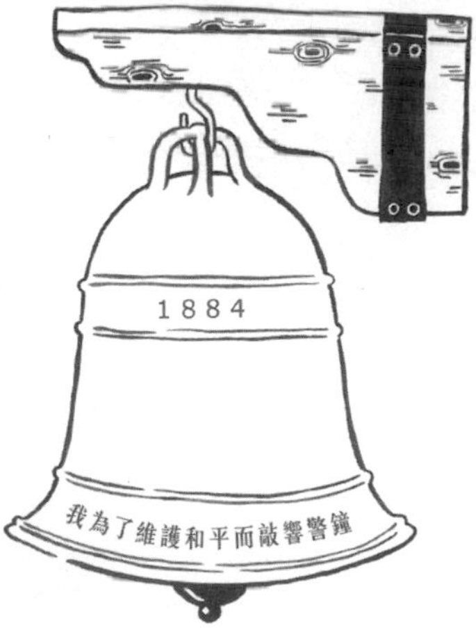

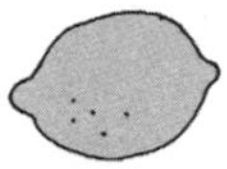

這本書獻給安．萊德，

她總是一眼就看穿一本書的核心——

而且連眼皮都不會眨一下。

敲響吧，撒野的鐘，響徹野性的天空，
飛翔的雲，朦朧的光：
舊年在夜色中垂死；
敲響吧，撒野的鐘，讓他死吧。

敲走舊年，敲入新年，
敲啊，快樂的鐘，響徹雪地：
舊年要走了，讓他走；
敲走虛假，敲入真實。

——阿佛烈・丁尼生男爵
摘錄自《敲響吧，撒野的鐘》

辛克萊爾家
鹿溪
黑熊山
麥斯威爾家

路易絲太太家
巫普敦家
外婆家

目錄

1
指標

指標
（landmark，名詞）
路標、指向某物或方向的意思。也有重大事件的意思。

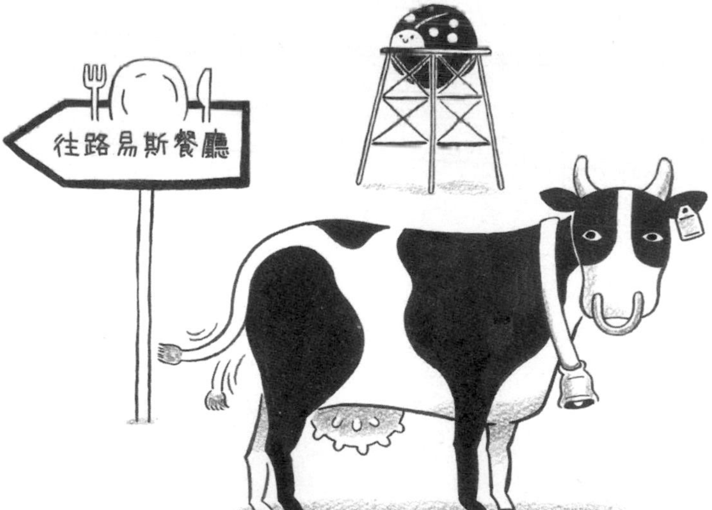

「還要多久才會到?」潔西坐在後座敲了三下車窗。每次只要經過橋下時，她就會敲三下車窗。

「至少還要一個小時。」媽媽說完，瞄了瞄儀表板上的時鐘。

他們已經開了三小時的車子，車子進入了山區，越開越高，潔西覺得自己越來越鬱悶了。這一趟到外婆家感覺和以前完全不一樣。

像是伊凡這次坐在前座。潔西坐在後座，看到伊凡正在聽 iPod，他瞪著窗外，腦袋隨著音樂微微晃動。以前伊凡絕對不可能坐在前座，可是這一次他開口詢問媽媽——從以前到現在，大概是第一萬次詢問了——媽媽意味深長的看了他一眼之後就答應了。伊凡已經十歲了，他比同齡的孩子個子高一些，媽媽覺得他夠大，可以坐到前座了。而潔西才九歲，她只能待在後座。

「嘿!」潔西想要叫伊凡轉過頭來看她。可是他動也不動，他沒聽到潔西的聲音，仿佛他沒在車上一樣。

潔西瞪著窗外咻咻咻掠過的農田。以前，她很喜歡這一趟路程。她喜歡數著沿路看得見的東西——母牛、老鷹、迷你寶馬車，還有其他州的汽車牌照。她會在筆記本裡做記號，等到達終點之後，就開始計算，看是哪一種數量最多。幾乎十次有九次都是母牛的數量最多。

潔西也會尋找路上的重要地標，確認他們已經到了哪裡，像是那棟防治害蟲大樓，頂樓有一隻四十呎高的玻璃纖維製的大蟑螂；或是那根有兩層樓高的圖騰木柱，其實它是手機的通訊臺；或是某家餐廳的廣告看板，上面有一隻大金屬茶壺，壺嘴還會噴出蒸氣來。

以前伊凡也都會幫忙找地標，而且他們還會比賽看誰先找到。可是今年回外婆家的路上，他好像什麼都不在乎、不在意了。就連那個漆成瓢蟲一樣的巨大水塔出現時，潔西指給他看，他也只是聳聳肩，好像現在忙得沒空理她。潔西覺得伊凡一點都不好玩，而且這趟路程也忽然讓人覺得非常漫長。

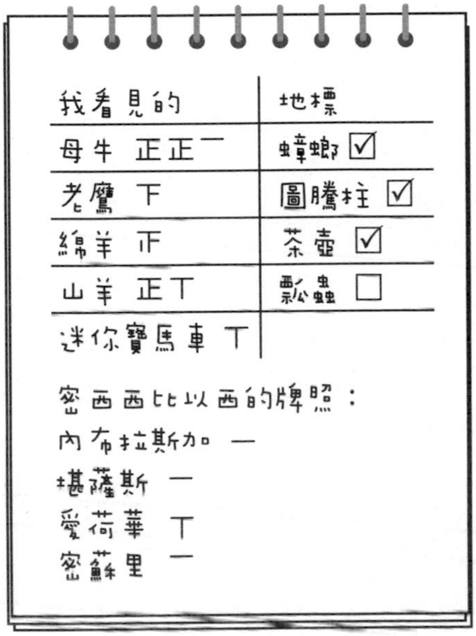

他們又穿過一座橋下，潔西依舊敲了三下車窗。「外婆為什麼要把她的房子燒掉？」她問。

媽媽的眼睛從路面移到後視鏡，看了潔西一眼，又回頭去看路況。「她不是故意的，那完全是一場意外。」

「我知道，」潔西說，「可是為什麼是**現在**這個時間？」

崔斯基太太把頭歪向一邊。「意外隨時都會發生，有時候不會有原因。她在煮東西，結果就著火了。這種事任誰都可能會發生。」

可是外婆以前就沒發生過這種事啊。潔西想著，外婆不知道幫她煮過多少次的麵條、泡過多少杯熱巧克力、熱過多少次湯，從來沒有一次燒掉房子。

就是因為這場火災，他們才會在聖誕節**過後**兩天才開車到外婆家，之前他們在聖誕節的前兩天就會去。因為這場火災的緣故，他們才不能確定今年是不是還能像之前一樣，除夕那天時待在外婆家過夜。潔西覺得這一次所有的事情都不一樣了就是因為這件事。

以前他們會在外婆家度過除夕夜。他們會慢慢爬上勒佛氏山，當兩旁的樹木漸漸往兩側分開，天空變得開闊，就會看到那個吊掛在木梁上的古老的鐵鐘。

在午夜前，鄰居朋友、親人，有時候還有陌生人，大家從山的四面八方步行穿過覆蓋著白雪的樹林，來到新年鐘這裡，一起唱老歌，談論逝去的一年。

接著，人群中年紀最小的和年紀最大的人會上前來，一起握住鐵鐘吊錘的繩子，準時敲響鐘聲，迎接新年。他們會把鐵鐘敲得既響亮又熱鬧，而且愛敲多久就敲多久。

潔西永遠記得當她還是山上年紀最小的孩子那一年，路易絲太太那一年八十四歲，她用軟軟的、像紙一樣的手包住潔西的手，潔西還記得那種感覺。她們兩人一次又一次，來來回回搖著繩子，鐘聲響徹了山下白雪皚皚的山谷，傳到黑熊山，再傳回來。回音就像是一隻忠心耿耿的老狗，總是會回家。

可是今年每件事都不一樣了，他們甚至有可能不會在外婆家過夜。媽媽說要看情況。但要看什麼情況呢？潔西不由得納悶起來。她敲了兩次自己的右膝蓋。如果今年不在外婆家過除夕，那誰要來敲鐘？

潔西的腳上上下下搖晃，因為她的左腳麻麻的。潔西把左腳坐在屁股底下半個小時。「到十字路口店還要多久？」她問。

「喔，潔西……」她母親說，又看了後視鏡一眼。「我們需要停下來休息一下嗎？」

「什麼意思？」潔西問。現在的問題倒不是需不需要——不過潔西仔細一想，上一下廁所還滿不錯的。「我們每次都會在十字路口店停下來啊。」潔西的聲音裡帶著一點點抱怨。

「我只是以為這一次我們可以繼續一路往下開。」媽媽說，「我們這一路都很順利，但你也知道山上的天氣多變化，誰也不知道等一下會是颱風還是下雪。」

「媽——」潔西拖長聲音說，她覺得這一趟旅程簡直亂七八糟的。「伊凡，你也想在十字路口的那家店停一下對不對？」

伊凡還是看著窗外，跟著 iPod 的音樂點頭。

「伊凡！」潔西不是故意要那麼用力打伊凡的肩膀。

「喂！」他說，轉過來凶巴巴的瞪著她。

「我在問你問題耶！」她大喊。伊凡拿掉一邊的耳機，耳機垂在耳朵上，像是一隻鉤子上死掉的蟲子。「你要不要在十字路口商店停一下？」潔西忍不住覺得這個問題很笨，伊凡當然會想要停下來的嘛。

可是伊凡只是聳聳肩，就又把耳機戴上了。「隨便。」

潔西氣得兩手抱在胸前。

「別擔心，潔西，」媽媽說，「我們會停下來休息。反正我也需要伸展一下我的腳。可是我們不能停留太久，我不想天黑了才到外婆家。」

十字路口店距離高速公路有十分鐘的車程，它座落在兩條很小很小的馬路交叉口，媽媽都說這個十字路口是連接沒有人知道的地方和大家都忘掉的地方。可是商店販售的商品卻是無其不有，有加油站、小吃部、麵包區、禮品區、書店、打獵及釣魚用品區、服飾店、郵局，販賣皮艇、槍枝、動物標本、獵刀、慰問卡、雨傘、笑話書、蚯蚓、糖果、裝飾用的掛曆。潔西每次都可以在店裡逛上幾個小時，恨不得自己能有錢把所有的東西都買下來。

不過她只帶了五塊錢。她只准許自己在這趟旅程中帶這麼多錢。她在鎖盒裡放了將近三十元，大部分是在檸檬水戰爭的時候賺到的——不，應該這麼說，是她捐了一百零四元給拯救動物聯盟之後剩下來的錢。

「你不必跟我捐的一樣多錢。」梅根當時這麼說，可是潔西堅持要一樣多。「我說我會捐我就會捐。」她說，雖然把那麼多錢捐出去簡直是要她的命——而且還是捐給動物耶！

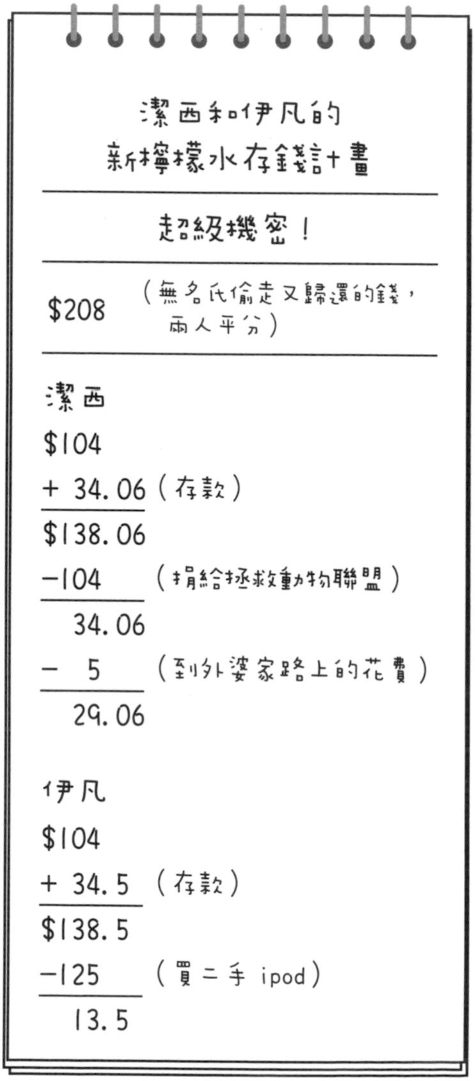

潔西和伊凡的
新檸檬水存錢計畫
超級機密！

$208 （無名氏偷走又歸還的錢，

兩人平分）
潔西

$104

+ 34.06（存款）

$138.06

−104 （捐給拯救動物聯盟）
34.06
− 5 （到外婆家路上的花費）
29.06
伊凡

$104

+ 34.5 （存款）

$138.5

−125 （買二手 ipod）
13.5

可是無論十字路口店裡的東西有多誘人，潔西都不打算在這裡花掉自己全部的積蓄。她喜歡存錢。為了以防萬一。

上過洗手間之後，她去找伊凡，他站在熟食區和烘焙區的中間，正看著一袋袋漂亮的糖果，每一包都綁著捲捲的緞帶。

「你看！」他說，拿起了一袋糖果。袋子的標籤上寫著「麋鹿大便」。「你要不要吃？」他問，拿著袋子在她的面前晃。

「好噁心喔！」潔西說。不過其實她愛死了，這種糖果確實跟麋鹿的大便外型一模一樣，只是比較小。仔細看產品標示之後，她發現其實那是裹了巧克力的藍莓。「你要買一袋嗎？我們可以平分。」可是伊凡已經離開了，根本沒在聽她說話。

潔西把糖果放回架子上，走到專門賣拼圖的角落。有十幾種拼圖可以挑選，可是潔西的眼睛立刻就被一幅豆豆糖的拼圖吸引了。圖案是色彩鮮艷的糖果，看起來好像是沙灘上的石頭，潔西知道這個拼圖一定很難拼，因為它有一千片呢！

「潔西，可以走了嗎？」媽媽問。她付過加油錢之後，正準備把幾張鈔票塞回皮夾裡。

「媽，我們可以買這個嗎？拜託……」潔西說，她把豆豆糖拼圖從架子上拿下來。「可以送給外婆——」崔斯基一家去看外婆時，潔西總是和外婆一起拼拼圖，而且潔西常常會帶新的拼圖去給外婆。不過她們還沒拼過一千片的。

潔西的媽媽停頓了一下，鈔票仍然露在皮夾外面。潔西知道媽媽得小心規劃花錢，她也儘量不開口說想要、但不需要的東西。「我有五塊，」潔西說，「我可以捐出來。」

崔斯基太太拿了拼圖說，「真是好主意，小潔。等外婆出院了，你可以跟她一起拼。」

潔西笑了，她很高興不用花自己的錢就能買到拼圖。她開心的轉動拼圖架旁邊的明信片架，架上有八行的明信片。潔西喜歡慢吞吞的轉動它，把架子轉得吱吱叫。她從第一行的頂端開始轉，轉到最下面，然後再從第二欄的頂端開始轉。她連一張明信片都不想漏看。

「小潔，可以走了吧？」她媽媽問，一面翻找皮夾裡的每一個隔層，好像看得夠久就會有鈔票神奇的出現。

「不行，我在看明信片。」

「架子上的明信片你一定每一張都有了。」

「有時候會有新的啊！」潔西說。

「那就讓你再看五分鐘，好嗎？五分鐘！我先去停車場開車。」媽媽走向櫃臺去付拼圖的錢。

媽媽為什麼這麼不耐煩？通常她很喜歡在十字路口店停留一會兒，可是這一次她卻急著壓縮時間，趕快上路。哼，潔西可不想被催趕呢。她看完了第二行的明信片，然後開始看第三行的。

「你曾去過那裡嗎？」

潔西抬起頭。有個滿臉短鬍子的老人戴著眼鏡，瞇著眼睛看著一張寧靜湖的奧運體育場的明信片。潔西注意到他的眼鏡戴歪了。

「那個舉辦奧運的體育場？你去過嗎？」老人說。

潔西搖頭。「沒有。」

那人敲了敲明信片架，「我去過，一九八〇年和一九三二年。對，我去過那裡。我親眼看見桑雅・赫尼贏了花式溜冰的金牌。你相信嗎？」他點點頭，好像希望潔西也跟著點頭。

潔西仔細盯著站在她旁邊的這個人。他開始在臉上抓癢，活像是起疹子。

「你曾經參加奧運？」她問。

「沒有，」老人說，「可是我有夢想。」他這會兒頭點得更起勁——又是點頭又是抓癢——而且他的眼睛盯著店的另一頭。

「嘿，小潔，走了啦！」伊凡說，抓住她的手肘就把她往門口拖。

「我還沒好！」她說。可是伊凡一直把她拉出門才放手。潔西透過玻璃看著裡面，看到那個人仍在抓癢，一直說話，雖然根本沒有人在他旁邊。

「那個人是瘋子。」伊凡說，語氣平淡。

「你怎麼知道？」潔西問，抬頭看著哥哥。

伊凡聳聳肩，戴上了耳機。「看就知道。」

可是潔西卻看不出來。她壓根沒想到這個老人有問題。為什麼老人都會這樣？他們是不是腦袋裡有什麼斷掉了，就像鞋帶在使用過太多次以後終於斷掉了？但是伊凡又到底是怎麼知道的？

他們一回到高速公路上，天空就下起雪來了。起初雪花又大又濕，好像巨大的雪蛾，黏在擋風玻璃上，馬上就又融化成硬幣大小的水滴。後來雪花越來越濃密，落下的速度也越來越快，高速公路兩邊的路面都變成了白茫茫的一片，沒有任何形狀。直到黃昏他們才抵達外婆家彎曲又漫長的車道盡頭，看見了屋子。

「天啊！」媽媽關掉了引擎，也關掉了車燈。

2 調查

調查
（investigate，動詞）
為了了解實際狀況所做的查訪。

通常他們會從外婆的後門進屋，可是現在已經沒有後門了，連後面的牆都不見了。

他們打開前門，摸黑走到廚房去。伊凡簡直不敢相信自己的眼睛，廚房的後牆上有個大洞，大到連汽車都能開得進來的程度，而且廚房裡面看起來更像是有人開車直接撞進來一樣混亂。洞的四周就像煤炭一樣黑，到處都是煙味。不知道是誰用膠

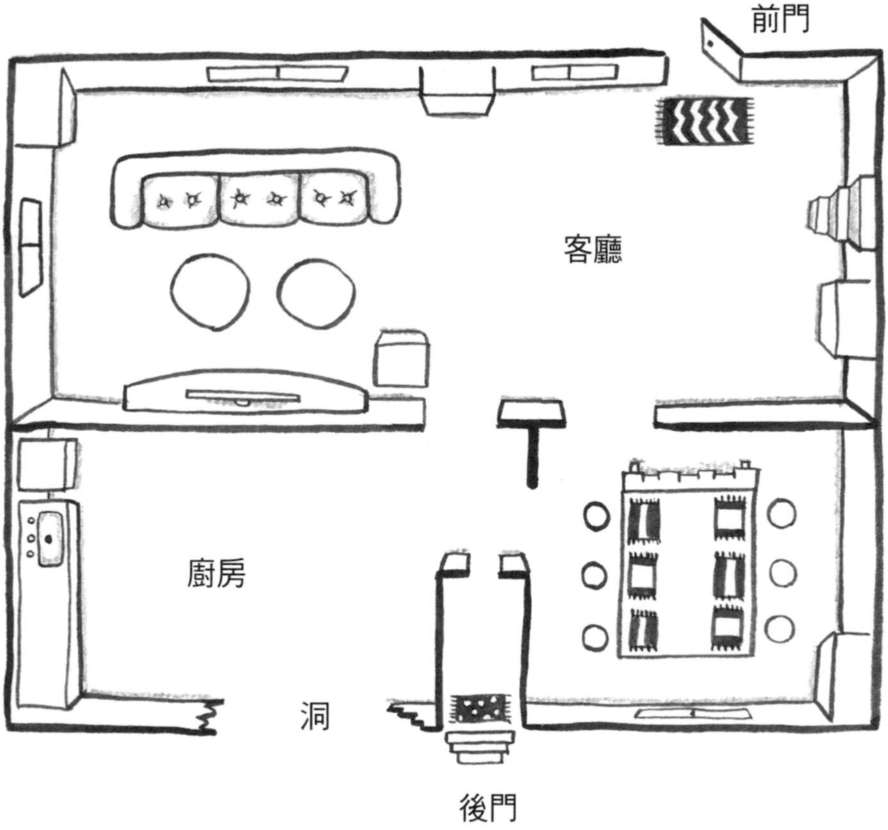

帶把透明塑膠布貼在牆上，可是有一邊掉了下來，被風吹得啪啪響。

「外婆的爐子呢？」潔西問。

「拜託……」伊凡口氣很衝，不過他不是故意的。「一定是清裡掉了嘛。爐子可能都燒到融化了。」

「不是說只是小火災嗎？」潔西說。

「我以為是小火災……」媽媽說。

「為什麼這裡這麼冷啊？」

「大概是暖氣機也壞了吧？」媽媽回答。「我不是很清楚……」

伊凡從來沒有看過媽媽這麼驚訝過。通常她遇到什麼情況都能處理，不管是地下室有蝙蝠，松鼠卡在煙囪裡，還是潔西把頭卡進樓梯欄杆裡……，無論發生什麼事，媽媽幾乎都可以解決。可是現在她卻只是瞪著牆上的洞，一動也不動。

伊凡伸手到水槽下面去找外婆總是放在那裡的手電筒。他拿起手電筒，照著牆壁，想尋找**任何一個**仍然保持原貌的東西。

「那個是什麼？」潔西問。伊凡把手電筒照向潔西指的地方。

「哇！」伊凡說。

「是一個洞。」媽媽說。

廚房的天花板上有一個六十公分寬的洞，那也表示樓上的地板也有一個洞。

「我們是站在哪個房間下面？」媽媽問。

伊凡想著樓上的格局，可是很難斷定。是外婆的臥室嗎？還是媽的舊房間？不過潔西對地圖很有一套，她搶先說出了答案。

「是伊凡的房間。」

喔，真是太好了，伊凡心裡想。

他們三個人一起走上樓，伊凡拿手電筒帶路。不用說，樓上每個房間的門都開著，只有外婆辦公室的門例外，那是伊凡來外婆家的時候作為臥室的房間。門緊緊的關著，而且還貼了一層厚厚的塑膠布。他們把門打開，發現了地板上的破洞，房間內的兩扇窗都粉碎了，整個房間都是碎玻璃。洞的周圍也一樣貼著塑膠布，可是風還是照樣吹進來。而且外頭的風一吹，就有大把大把的雪花飄進房間，落在地板上。

「伊凡，你不能睡在這裡了！」媽媽說，「而且你們兩個不能再進這個房間，明天我會來清理掉碎玻璃。」

「那我要睡哪裡？」伊凡問。打從他不再睡搖籃開始，在外婆家就是睡在這個房間裡。他沒辦法想像自己得睡在別的地方。

「嗯，今天晚上你乾脆去外婆的房間睡吧。」

「不要！我去客廳睡沙發。」伊凡說。睡在外婆的床上就是說不出有哪裡不對勁，那是外婆的床耶。

「好吧。那裡可能是屋子裡最暖和的地方了。」客廳有燒柴的爐子，供應整個樓下的暖氣。「我來生火，你們兩個把車裡的行李拿下來。我們就這麼安排各自的工作，可以吧？」

伊凡習慣的那個媽媽終於回來了。他回頭走到院子裡，動手把車子裡的行李箱和雜貨拿出來。

「好奇怪喔！」潔西說，手握住了車子裡最大的行李箱的提把。

「你抬不動那個行李箱啦。」伊凡說。妹妹比同齡的孩子長得矮小，體重大概比別人輕了二十公斤，可不知道是為了什麼，她老是以為自己能提得動重物。

「我來拿，你拿那一個。」他用了全身的力氣把後車廂裡的行李拉出來，行李砰的一聲，重重落在地上。「哪裡奇怪？」他問。

「每個地方都奇怪，」潔西說，「沒有一個地方是應該有的樣子。」

「唉，放心好了。外婆明天就會回來了，媽說她已經找人來修理牆壁了。反正我們又沒有要住很久，可能只住三天。而且這裡就是外婆的房子啊，能有多奇怪？」伊凡雖然這麼說，但他其實很清楚潔西的意思。

伊凡把行李箱拖進屋裡，然後又走回汽車搬食物——接下來三天睡沙發的日子，也是三天沒有自己的房間，三天沒有自己的朋友的日子。伊凡迫不急待想趕快回家了。

他從後座拿出最後的一袋雜貨，忽然聽到有汽車開上長長車道的聲音。夜幕降臨，伊凡突然覺得很驚慌，覺得無論是誰進來，他都應該要保護房子、媽媽和妹妹才對。有那麼一秒鐘，他想到自己該跑進屋裡，把門鎖上，但馬上又想起廚房牆壁上的大洞。根本沒有辦法把闖入者擋在外面。不久，汽車大燈繞過轉彎處，照向房子。伊凡決定要「正面迎敵」。

一輛灰色小卡車停在崔斯基家的汽車後面，有個男人下了車，他長得又高又瘦，還留著參差不齊的尖鬍子，身上穿著長袖T恤，罩了件羽絨背心，牛仔褲，沉重的工作靴，脖子上還掛著耳機。

「嘿，」那個人說，「你媽媽在嗎？」

伊凡站在那兒看著這個人，想猜出他是什麼人。他危險嗎？他是誰？

那個男人走了幾步路，停下來，就停在伊凡的面前。然後他伸出手。「我叫彼得，是幫你外婆修房子的人。」

伊凡這才放鬆了下來，跟彼得握手。距離拉近之後，他就看出這個人沒那麼老。他大概就跟亞當念大學的那個哥哥一樣年紀吧。

「你媽在嗎？難不成是你自己開車過來的？」

伊凡微笑的說：「如果是就好了！她在裡面。媽──媽──」他跑進房子裡，發現媽媽在客廳裡，她才剛關上了爐子的小門，爐子裡燒著很旺的火，可是房子還是冷得像溜冰場。

彼得向崔斯基太太自我介紹，然後就下去地下室啟動電力。等他上來以後，就帶著崔斯基太太去看房子損壞的部分。廚房的洗碗槽沒有自來水，一樓的電力也斷了。「我拉了幾條臨時的電線，可是你還得找水電工來修理。整棟房子要修好可能要幾個星期，甚至一個月。你們今晚要住在這裡嗎？」彼得說。

崔斯基太太點頭。

「會很冷喔，就算是有爐子。」彼得轉向伊凡，他說：「爐火一整晚都不能熄滅，你能看好爐火嗎？」

伊凡挺直了腰，他剛才跟著彼得和媽媽檢查了整個屋子，對彼得所說的事情聽得十分入迷──房子的內部修復，感覺房子好像是一隻會呼吸的活生生的動物。「我可以，」他說，「我知道要怎麼添柴火，我露過營。」

「好，」彼得說。「那就靠你了。」他轉向崔斯基太太。「待會我送兩個小暖爐過來，讓你們在樓上使用好嗎？我就住在這條路的一公里半外的地方。」可是崔斯基太太說不用了，有樓下的爐子就可以了。

「這樣大概最保險！」他說，一面點頭。「不然你們一定會把家裡的保險絲燒斷的。」

伊凡跟著彼得出去，雖然現在的雪下得更大了。爬上卡車之前，彼得說：「你是這個家裡的男人嗎？」

伊凡聳聳肩。「好像是。」媽媽其實並不贊同那種「家裡的男人」說法。雖然伊凡的爸爸離開了兩年多了，伊凡仍不覺得自己是家裡的男人。他儘量幫媽媽忙，可是他畢竟只有十歲。

「那好。」彼得說，「明天你要幫我的忙，好嗎？」

「當然好，」伊凡說。突然之間，他也沒那麼想離開外婆家，回去自己家了。

3 難得一見

難得一見

（You Don't See That Every Day，俚語）

不易獲得、不常見的意思。

原本他們的計畫是早晨去醫院接外婆回來，醫院一大早就會讓她出院，外婆終於可以回家了。媽媽也決定在外婆家住到元旦，確定外婆都安頓好了才離開。潔西等不及看著外婆從門口走進來，她覺得也許到那時，一切就會恢復正常了。

可是因為下雪的緣故，計畫不得不改變了。一夜之間，大地被大雪變得像是潔西在讀的《納尼亞傳奇：獅子、女巫、魔衣櫥》書裡的景象，一片雪白與寂靜，車道消失在厚厚的雪中。新聞報導說道路上積滿雪不好行駛，更糟的是，他們家的車電池也因為潔西忘了把車內的小燈關掉，耗電一整晚，現在已經沒電了。而修車的人要過一會兒才能來，大概是因為氣候的關係，一大堆的汽車都出了毛病。

潔西幾乎整個早上的時間都縮在爐子前讀書，吃著彼得帶來的糖霜甜甜圈。彼得和伊凡現在在地下室檢查鍋爐，樓下乒乒乓乓響個不停，偶爾還會傳來笑聲。潔西不懂，破鍋爐有什麼好笑的？

於是潔西就上樓去看媽媽在做什麼。她發現媽媽在地板破洞的房間裡檢查文件，大部分的文件在救火時被淋濕了，媽媽在找外婆的房屋保險單。地板上深紫色和深藍色紋路的編織地毯被折了起來，露出了底下的木頭。

「全都毀了。」崔斯基太太說，一面在箱子裡不停的翻找。「這些恐怕都無法救回來了。」可是她仍然不停找東西。

潔西想去嵌入式書架牆邊。外婆屋子裡每個房間都有書架，每個書架都塞滿了書，書多到快掉下來，可是她辦公室裡的書卻是她最重視的。

「潔西，不要動！」媽媽說，「我不知道地上的碎玻璃是不是都清乾淨了。」

「我穿著鞋子。我會很小心的。」潔西說，她謹慎的走過地板。「外婆的書也都毀了嗎？」

「有些可能毀了。希望不要是她的寶貝書。」

「這些都是她的寶貝。」潔西瞪著書架。

這些書就像是潔西的老朋友。從她會爬上外婆的大腿、耐心等著外婆翻頁開始就認識這些書了，外婆有鳥類的書，冥想的書，弦樂器的書，棒球的書，古董被的書，伊索寓言和希臘神話。她迅速尋找她的最愛，發現它仍然在她上一次來時放的位置上。

這本書是《鐘鈴大全》，已經是一百多年的老書了。潔西愛這本書有許多原因，它有紅色皮雕封面，書背上的燙金字，厚厚的書頁在翻動的時候會發出沙沙聲，內頁的圖片裡有戴著禮帽的男士和穿長裙的女士。但潔西最愛這本書的原因是：裡面有一張照片是外婆的鐘，就是掛在勒佛氏山的那一個鐘。

潔西把書從架上拿下來，捧在手裡，它既沒有弄濕也沒有被火燒到，她忍不住鬆了口氣。她把書拿下樓，坐在沙發上，先翻開外婆的鐘那頁。潔西覺得好得意，原來外婆的鐘這麼出名、這麼重要，還被寫進書裡了。然後她翻到鐘的圖解頁面。

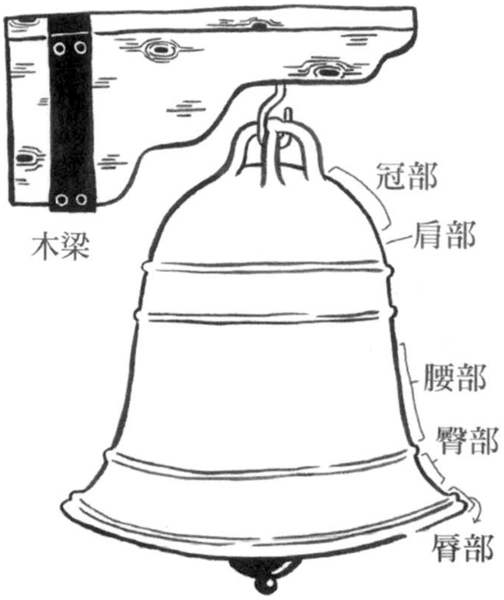

鐘的各部位是以人體部位來命名的，大多數都按照正常的次序：冠部、肩部、腰部、臀部。可是接著卻是唇部！潔西每次看到這裡就哈哈大笑。哈，嘴唇居然長在屁股下面！

兩個小時後，她還在研究這本書，她讀著，世界上最大的鐘是在俄國……然後修理汽車的人來了，他跟崔斯基太太說車子需要換一個新電池，可是他的車上沒有零件，所以得等到下午才能再送過來。

「不行，不行！」崔斯基太太說，「我早上就得去接我媽，她今天就要出院了。」然後她又說明外婆用爐子燒水，然後就忘掉了，出門去散步，等她散步回來，她才發現屋子著火了，她想衝進屋子裡，可是消防隊擋住了她的路，害她跌倒摔斷了手腕。

修理汽車的人很安靜的聽著，甚至還連連點頭，彷彿是認同媽媽的說法，可是聽完以後，他還是把剛才的話又重覆一遍。「很遺憾，可是我要到下午才會再到這邊來，大概要四點以後喔。」媽媽兩手往空中揮了揮，不知道低聲說了什麼，然後就上樓，繼續找外婆的文件資料了。

潔西闔上書本，走進廚房，想叫伊凡陪她到雪地裡玩。伊凡滿腦子想的都是如何幫彼得工作。他們正在把牆上的舊木板拆下來，所以連潔西想叫他聽她說話都沒辦法。

等到下午，媽媽終於開車去醫院接外婆了，下午的陽光也在藍白色的雪地上拉出了長長的影子。潔西決定要去山上看外婆的鐘。她穿上雪鞋，就出門了。

屋子周圍的樹林無論在什麼季節都像有魔法，尤其是在冬天時更像。一夜之間下了將近一公尺深的雪，潔西想像著《獅子、女巫、魔衣櫥》裡的羊人吐納思先生從一棵樹後面探出頭來，一手拿著細長的雨傘。她不禁納悶羊人是怎麼靠兩隻山羊腳平衡的，那一定很難！她覺得如果自己是半人半羊的話，一定會跌倒。

潔西走到第一片樹林的邊緣，走進空地。空地就在山腳下，只要她再爬過這個和下一個山丘，就會到達立著新年鐘的勒佛氏山山頂了。可是她想先去看看之前搭的印第安人帳篷還在不在。

前年的夏天潔西和伊凡在樹林深處搭了一個印第安人帳篷。他們先找了一株枯樹的樹幹，大約三公尺高，樹枝都爛掉了。然後他們到處去找大概兩公尺長的樹枝。伊凡把沉重的樹枝拖回到樹幹那裡，有的樹枝他甚至是拖過幾百公尺凹凸不平的樹林才拿回來的。而潔西的工作就是把樹枝上的小枝子折斷，這樣樹枝才會像柱子一樣既挺直又光滑。

等他們找到十二根直挺的樹枝之後，伊凡和潔西把樹枝靠在樹幹上，擺成一圈，再用剛折下來的松枝蓋住柱子，並拿外婆放在穀倉裡的麻繩來綁松枝。然後在帳篷的開口掛了一片防水布，讓它可以像門一樣掀開。

在搭帳篷以前，伊凡畫了一張圖。那張圖潔西仍掛在家裡的臥室牆上。

他們花了整整兩個星期才把帳篷蓋好。蓋好之後，他們帶外婆來看，跟她說隨時都可以使用。那時伊凡說：「這個帳篷一百年也不會壞。」外婆也贊同。從那時起，外婆就常常跟潔西說她每次去樹林散步，都會去看看帳篷的情況，看看帳篷是不是需要修理。外婆還說，帳篷是個休息的好地方。

潔西繞過山腳，找到了那棵當路標的閃電樹。許多年前這棵樹被閃電擊中，變得又焦又黑，潔西和伊凡都用這棵樹當路標，樹幹上唯一殘存的

樹枝就指著帳篷的方向。

順著樹枝的方向，潔西深入樹林。陽光還很強，雖然已經快要黃昏了。不到幾分鐘之後，潔西就看見了前面的帳篷，它還在原來的地方。潔西走過去，先繞著帳篷走一圈，看有沒有破洞，然後就爬進去，坐在乾燥的地上。

潔西很喜愛這個帳篷，讓她覺得安全又溫暖，而且還可以一個人靜一靜。她躺在地上，瞪著頭頂的樹枝。潔西覺得很滿足，**這個帳篷永遠也不會變**。她在帳篷裡躺了幾分鐘才爬出去，又走回第一個小山丘的山腳下。

可是她才剛往上爬不久，就發現樹林裡不只她一個人。有個男生在滑雪，而且正朝她的方向過來。潔西愣了一下，這才發現那個男生完全沒看見她，他戴著護目鏡，低著頭，正對準她衝過來，而且因為是下坡，所以他的速度越來越快。

「嘿！」她大喊大叫，一邊笨拙的舉起自己穿著大雪鞋的腳，想要退幾步，走進樹林裡，但她卻踩到了另一隻鞋跟，害得她仰天跌倒。「嘿！」她又大喊了一聲，那個男生還是呼嘯一聲對準她衝過來。

「哇！」那個男生緊急煞車。「很少見耶。」

「什麼？」潔西問他。

「我叫麥斯威爾。你是誰？」他做了個好笑的動作，右腳向前，支撐著身體，然後又收回，好像是舞蹈動作，只不過他腳上穿著滑雪板。

「我叫潔西。你差一點就撞到我了！」

「我才沒有！」他說，又做了那個舞蹈動作。「因為我很聰明！」他發出好笑的聲音，好像是蒸汽火車的聲音。

「我可不會說那樣叫做聰明，」潔西說，忙著爬起來，「不過你至少沒有撞死我。」

她穿著雪鞋從麥斯威爾面前走過，準備要爬上他滑下來的山坡。

「你要去哪裡？」

「那裡！」潔西說，指著山頂。

「我也可以一起去嗎？」

「隨便。」潔西說。她並不是在說氣話，她是真的覺得無所謂。

潔西發現麥斯威爾愛說話，而且是非常愛說話。

路途中，她知道麥斯威爾住在離外婆家附近，他們家才剛搬過來，剛好可以讓麥斯威爾趕上新學年。他常常到外婆家，當外婆把爐子開著就去散步，還是麥斯威爾發現房屋失火的。他跑回家跟他媽媽說，他的媽媽才打電話到消防隊。

「這很少見耶！」麥克威爾在描述完外婆家火災的情況之後說。

潔西看著他。她覺得這個小孩還真奇怪。

他們越過了第一座山丘，再爬過第二座，站在勒佛氏山的山腳下，這座山是外婆的土地上許多小山丘裡最高的一座。潔西不到五分鐘就能爬到山頂，看到大木梁和新年鐘了。大木梁是用兩根沉重的橡木搭起來的，形狀像是一個顛倒的L。潔西小時候會叫伊凡把她抱起來，讓她吊在上面的橫梁上盪鞦韆，假裝她是第二個鐘，噹噹噹的響。現在她比較大了，橫梁只比她高出一點點，她不再需要別人抱才能碰到橫梁了。

潔西奮力往前走，麥斯威爾在她旁邊滑行。她就快到新年鐘那裡了。她能看到大木梁的頂端。下午的陽光越來越弱了，斜切過下面的黑熊山。因為背光的關係，很難看得見整個山頂，她只看得到雪地反射出強烈的白光。潔西遮住眼睛，努力要看到山頂的鐘，而麥斯威爾在她的旁邊咻咻的滑行，來來回回揮動滑雪杖，動作很誇張，還在新雪上留下了新的痕跡。

前進，前進，繼續前進。潔西又一次抬頭看，太陽正好落在山後，整個山坡突然一片陰暗。她看到山頭，也看見梁柱了……

可是卻沒看到鐘。

4 誰做的

誰做的
（Whodunit，名詞）
偵探小說三大元素之一，意指犯人、兇手是誰。

伊凡驚訝的瞪大眼睛，牆上的洞終於消失了。他跟彼得忙了一整天，先是把損壞的壁骨拆掉，換上乾淨且乾燥的木頭，然後再修整木板，讓破洞變成一個整整齊齊的長方形，再丈量新的木板、裁切，釘上去。之後還要再裝上石膏牆板，外面的木板也要換，但是至少洞不見了。伊凡這輩子還沒有感到這麼有成就感過，就連他跟潔西在學期末在勞動節海報競賽獲獎都比不上。

他清掃木屑，把木屑堆在他的腳下，有地毯那麼厚。彼得說盡職的木匠是不會在工作結束的時候把屋子弄得亂七八糟的，所以伊凡開始清理木屑、彎掉的釘子和小木頭碎片，彼得則負責把大塊的碎木頭抬上卡車。伊凡會不時停下來，手裡拿著掃帚，欣賞他們的工作成果，他巴不得媽媽趕快從醫院回來，看看他們的成績。

當他把最後一堆木屑倒進灰色大塑膠桶裡時，忽然聽到前門廊砰的一聲，然後是前門打開了。伊凡走到客廳裡，正好看到潔西穿著雪鞋想越過門檻。

「伊凡！鐘不見了！」潔西絆到了門墊，摔進了客廳，手腳重重落地。她後面有個年紀比她大的男生，伊凡從沒見過這個男生。他的腳上穿著好笑的越野滑雪鞋，還拿著兩根滑雪杖。伊凡猜他至少有十二歲，也可能已經十三歲了。

「我脫不下來。」潔西說。她滾過來平躺在客廳地上，兩隻腳高舉在空中。雪團從雪鞋上掉下來，落在她的臉上和地板上。「伊凡，幫幫我！」

「喔，拜託。」伊凡走到扭個不停的潔西身邊，抓住一隻雪鞋。那個男孩臉上掛著彷彿是覺得好笑的笑容，一腳前一腳後，前後搖晃著。

「嘿！」伊凡說，算是跟那個男生打招呼。

「哇，這很少見耶！」男生說，他看著潔西，她就像是一隻仰天躺著的瓢蟲。

「其實並不少見。」伊凡說。潔西總是被東西絆倒，不然就是被什麼東西

纏住，或是後面拖著什麼。伊凡幫潔西解開了雪鞋，再幫她脫掉。

「伊凡，鐘不見了，不見了！」

「什麼意思？外婆的鐘嗎？」

「對！就是新年鐘！」

「不可能啦。你一定是爬錯山了。」

「才沒有。柱子還在，跟以前一樣，可是鐘不見了！」

伊凡搖頭。「那個鐘很重耶，大概有四十五公斤吧。不可能有人把鐘抬走，再說，把鐘偷走幹麼？」

「誰會不想偷？」潔西問，跳上跳下，左腳跳完了又換右腳。「那是古董耶，而且很有名——」

「才不有名呢，潔西，」伊凡說，一面搖頭。「書上雖然有，但也不見得就是有名啊。」

「欸，那個鐘值兩千五百塊耶！」

「才沒有！」

「我拿給你看！」潔西跑向沙發，她今天早晨把《鐘鈴大全》留在沙發上。

她把塞在書封底的一封信抽出來，交給伊凡。伊凡慢慢讀著，雖然他並不能讀懂每個字，但是能看懂大意。大約五年前，外婆請人來為那座鐘估價，看鐘值多少錢。而潔西說得沒錯，信上說它價值兩千五百元。

「哇！」伊凡說。

麥斯威爾點了幾次頭，身體前後搖晃。

「我們一定得把鐘找回來，」潔西說，扯著伊凡的胳膊。「再三天就是除夕了！如果我們在除夕夜沒敲鐘……」潔西沒辦法把話說完，但伊凡知道她的心情。很難想像在除夕夜沒敲鐘，從他有記憶以來，從來沒有一次例外。

伊凡看著那個男生，再回頭看妹妹。「潔西……？」他微微指著麥斯威爾，希望妹妹能看懂暗示，可是她如同以往沒看懂。「呃，我叫伊凡。」他跟那個男生介紹自己，還像大人一樣伸出手。

「你好。」男生說，跟伊凡握手。「我叫麥斯威爾，我很聰明！」然後他用左腳撐著地板，身體向前晃，右手在空中甩。伊凡緊盯著他。

「麥斯威爾住在黃房子裡面，就是前面有一塊大石頭的那棟。」潔西說，「他跟外婆很熟。」

「對！沒錯！」麥斯威爾說。「我一天到晚來這裡。」麥斯威爾身體繼續前後搖晃，每次他的身體向前，右手就會在空中甩。「我們一起看電視，我們一起拼拼圖，我們一起餵鳥。而且我很聰明喔！是喬伊斯太太說的，她說：『麥斯威爾，你真聰明！』」

一陣沉默，然後伊凡問他：「你幾年級啊？」

「六年級，」麥斯威爾說，「我是哈帝小學的。」

「媽回來了！」潔西大叫，衝向前門。伊凡也聽見了——老車子駛進長長的車道。他匆匆回到廚房，想在媽媽進來以前把垃圾桶抬出去。

他抬著垃圾桶走下他和彼得打造的臨時樓梯時，彼得剛好繞過了屋子。「你外婆回來了，我也要收工了。明天我們再把石膏牆板掛上天，後天修理樓上的房間。可以嗎？」彼得說。

「沒問題。」伊凡說。他不想要說得太興奮，這樣彼得才不會以為這是他第一次做木工工作，可是他實在沒辦法壓制自己很熱切的語氣。

「那好，明天見嘍。」彼得把耳機戴上，朝卡車走去。

伊凡回到廚房，再看了一眼。這裡仍然是一副災區的樣子，雖然他們已經做了很多事了——牆壁修好了，後門的門框裝上去了，只要小心一點，就可以從後門出入了，而且也比一小時前乾淨許多。伊凡聽見了客廳有說話聲，主要是潔西的聲音，他趕緊過去。

外婆就站在門口大衣架和傘架的旁邊，她的肩膀上披著羽絨衣，伊凡還看到她的手臂上了石膏，架在吊帶裡。外婆試著用一隻手脫外套，最後還是伊凡的媽媽幫她脫掉，掛在衣架上。

伊凡看著潔西想去抓外婆的手，可是外婆把手縮回去，身體向前彎，保護著吊帶裡的手，好像是怕有人想要偷她的東西一樣。她邁步朝房間中央走，步伐很小，跟以前的步伐完全不一樣。然後她停下來，看著往二樓的樓梯，又回頭看著前門。

最讓伊凡驚訝的是外婆的臉。她的臉好蒼白，而且還有眼袋，伊凡以前從來看過。而且更糟糕的是她的眼神好像定不下來，她的眼珠子滴溜溜的亂轉，像是一隻不肯棲息的小鳥。

潔西也像隻鳥一樣繞著外婆跳著，吱吱喳喳說著新年鐘的事。麥斯威爾走在他們後面，自言自語，發出奇怪的噗噗聲，好像是嘴巴裡有羽毛，想把它吹出來。媽媽伸著一隻手臂按著外婆的肩膀，慢慢把她帶向沙發，伊凡看見媽媽的臉，立刻就知道出了大問題。

「嗨，外婆！」伊凡在房間對面快活的說，可是外婆連看都不看他一眼。

「她累了，」媽媽說，「潔西，你不要再一直問個不停了好嗎？外婆需要幾分鐘來習慣家裡。」

「為什麼？」潔西問，「外婆，你為什麼需要幾分鐘來習慣家裡？這完全沒道理啊。」

「潔西，閉嘴啦。」伊凡說，他覺得有點驚慌。其實他真正想做的事是跑到媽媽身邊，跟她討個擁抱，可是麥斯威爾站在那裡，他打死也不可能這麼做的。

「來看看廚房，外婆，」潔西說，「看看這裡有多棒。」

「潔西，」她媽媽出聲警告，「慢一點。」

「喝茶。」外婆說，「我需要喝茶。一杯濃濃的綠茶。」

她邁步朝廚房走。伊凡趕緊走在她前面，撿起遺漏在流理臺上的兩根釘子，然後他站在補好的大洞邊。媽媽和外婆走進廚房，後面跟著潔西和麥斯威爾，他們兩個終於都閉上了嘴巴。每個人都看著伊和他與彼得花了一整天修好的牆，然而率先開口的是外婆。

「這是怎麼回事？這裡是怎麼了？」外婆說。

「媽，」崔斯基太太說，「發生火災了。你記得火災嗎？」

「我的爐子呢？沒有爐子我要怎麼泡茶？」

「爐子燒壞了，外婆，」潔西說，「他們把它拿走了，因為不能用了。」

「你說什麼，潔西？」外婆問，「是誰做的？誰把我的廚房弄成這樣？」外婆看著媽媽。「蘇珊，這裡是怎麼回事？」

「媽——」

「哇，很少見耶！」麥斯威爾說，緊張的後搖晃，右手在空中甩，好像是在對著一匹想像中的馬揮鞭子。

「說的對，麥斯威爾，」伊凡的外婆說，「這絕對是難得一見。」

「外婆。」伊凡說，「沒關係的啦。我跟彼得會把全部的地方都修理好。我們明天還會繼續做，我們會把屋子修理成以前的樣子。」伊凡能察覺到一種「不好」了的感覺漸漸湧上來。就是他在考試前的那種感覺——有時候深夜房子太安靜、太黑暗，他希望爸爸沒有離開家裡時，他也會有這種感覺。

伊凡的外婆這才直勾勾的看著伊凡。她犀利的眼神注視著他的臉，然後又把他從頭到腳看一遍。然後她轉向伊凡的媽媽。

「這個孩子是誰？」她生氣的問，「是他把我的廚房搞成這樣的嗎？」

「媽，」崔斯基太太說，「他是伊凡，你的孫子啊。」

伊凡的外婆搖頭。「我不認識他，叫他走開。」

5 拼圖

拼圖

（puzzle，名詞）

將一張完整的圖片，切割成多個不規則形狀後，再將這些小圖片，拼湊出原圖案。

隔天早晨，潔西跟外婆坐在飯桌上，把新拼圖的膠膜包裝撕開。她等不及要開始拼圖了。外婆今天早晨的樣子很正常，昨晚她睡了十二個小時，早餐的時候她給潔西和伊凡一個大大的熊抱，他們甚至交換了聖誕禮物。外婆把潔西織的圍巾披在她的肩膀上。潔西得到的禮物是一枝嶄新的鋼筆和兩瓶金屬光墨水，就放在樓上的房間裡。外婆送伊凡的禮物是一套魔術禮盒，而伊凡送給外婆的是開滿粉紅色花朵的耶誕仙人掌。

「這看起來好好吃喔。」外婆說，她看著潔西立在桌子另一頭的拼圖圖片。盒子上色彩繽紛的豆豆糖圖案讓潔西聯想到纏成一團的聖誕小燈泡，而且那些豆豆糖照片還真的像聖誕樹上的燈泡一樣，在閃閃發亮呢。這真的是她見過最美麗的拼圖了，而且也是最難的。光是把所有散在桌上的拼圖全部翻到正面，就花了潔西和外婆快十分鐘的時間。然後她們還得把所有有直邊的拼圖片先挑出來，要組合出拼圖外框。等這些做完之後，她們停下來，研究拼圖的圖樣。

「看起來都一樣。」潔西說。雖然每一片拼圖的形狀都不同，上面的圖案卻差不多都一樣，要從裡頭挑出需要的拼圖片實在是太困難了，潔西從來沒拼過這種拼圖，不知道該從哪裡著手。

「從四個角落開始吧。」外婆輕敲著桌子說，「我們每次都是這樣開始拼的，對不對？」

於是她們在眾多的拼圖裡慢慢找，終於找出四個角落的拼圖片，再跟盒子上的圖片核對，看是屬於哪一個角落的。然後她們開始把四個角落組合起來，終於拼出了外框，雖然過程很緩慢。

「外婆，跟我說新年鐘的故事。」潔西說。她一整個早上都在等問外婆關於鐘的機會，可是她很緊張。媽媽警告過他們：「儘量不要說會害她難過的話。」而且她還特別告誡潔西：「別說鐘不見了的事。」

「你想知道什麼故事呢？」外婆邊問，邊把一片拼圖放進了她那邊的框裡。

「鐘是哪裡來的？」

「是我的曾祖父架設在那裡的，為了緊急事件時召喚鄰居的。」

「哪種緊急事件？像什麼？」潔西問。她一邊在找一塊直邊的、上面有紫色豆豆糖的拼圖。

「喔，什麼事都有啊。要是有人生病，或是有孩子走失了，失火了，有狼群闖進綿羊堆裡。」

「在一八八四年的時候嗎?」這些年來，潔西用指頭撫摸鐘上的日期不知有多少次了，她已經把鐘上的銘文記在心裡了:

瓊斯．特洛伊

鑄鐘公司

紐約州特洛伊市，一八八四年。

我為了維護和平而敲響警鐘。

那些字只有她的拇指那麼大。

「那是鐘鑄成的年份。」潔西的外婆點頭，「也是鐘掛上去的那年。」

「他們是怎麼掛上的?」潔西問，「鐘應該有四百多公斤耶!」

「喔，不，」外婆說，抓了抓耳垂，她在專心的時候就會有這個小動作。「沒有那麼重，大概四十五公斤而已，兩個男人就可以輕輕鬆鬆把鐘掛上去了。很久很久以前，有一次鐘需要清理，我就曾把它從鉤子上拿下來，用雪橇拖回屋子裡，只靠我一個人就拿回來了呢。當然啦，把鐘拿下來比掛上去要容易得多了。」

「你把鐘拿下來了嗎？」潔西問，「什麼時候？」

「喔，好多年前，已經是很久以前了。就在你外公過世以後，我那時還年輕，身體也很壯，不像現在。」外婆拿著一片拼圖在手裡轉，看是否合適，但不久又放了回去。

「外婆？」潔西用差不多是講悄悄話的音量問。「你有沒有把鐘拿下來——在今年的哪一天？」

外婆笑了。「開玩笑！我現在拿不動那個鐘了。那個老鐘現在還在勒佛氏山上，一直在那裡。」外婆暫停下來，用沒受傷的手在揉肩膀，好像肩膀很痠。

「你會不會是想要把鐘賣掉？」潔西問，想到那封估價的信。

「不，潔西。我絕不會把新年鐘賣掉的。」

「會不會是你……忘了。」

「我沒忘，潔西！」外婆說，一面搖頭。

「可是你可能會——」

「不會！」外婆啪的一聲把手拍在桌上。「夠了，潔西！鐘在山上，一直在那裡，以後也一樣。所以別說了。」

「好啦，外婆。」潔西說，可是她心裡卻懷疑外婆的健忘可能就是解開新年鐘失蹤的一個線索。

祖孫倆默默的拼了一會兒，潔西忽然聽到前門有奇怪的砰砰聲。她站起來去看看，發現是麥斯威爾站在屋外。他腳上穿著滑雪板，一手拿著滑雪杖，另一手握著雪球，潔西注意到前門上有白色的斑點，是剛才被他丟過雪球的痕跡。

「你在家啊！」麥斯威爾說。

「嗯嗯。」潔西說。兩人瞪著彼此一會兒。麥斯威爾來回搖晃，潔西則兩手抱胸。

「要人家請求讓自己進去很沒有禮貌耶。」麥斯威爾說。

「為什麼？」潔西問。

「不知道，」麥斯威爾說，「我媽說規矩就是這樣。」

「沒道理啊。」潔西說，「你不開口詢問的話，別人要怎麼知道你想要進來呢？」她很納悶他們怎麼會談論這個話題。她覺得麥斯威爾真是莫名其妙，扯出這個奇怪的話題來。

麥斯威爾點頭。「可是規矩就是規矩。」他說。

「麥斯威爾！」潔西的外婆來到了敞開的門口，「要不要進來坐坐啊？」

「嗯嗯！」他說，用滑雪杖支撐，讓滑雪靴脫離滑雪板。潔西跟著外婆回到裡頭，麥斯威爾就跟在她後面。

「你能來真好。」外婆說，「我需要躺下來休息幾分鐘，而潔西需要一個拼拼圖的夥伴。你要不要接手啊？」她問他，手指了指著餐桌。

麥斯威爾連回答都沒有，直接就走向餐桌，坐在外婆剛才坐的椅子上。

「準備大開眼界吧。」外婆跟潔西說，然後就朝樓梯走了。

潔西坐在自己的椅子上拼圖，而麥斯威爾已經拼好三片了。可是他拼的位置並不是外框的圖，而是屬於寬闊空洞的中間圖案，那是潔西壓根就還沒要開始解決的地方。

而且他還拼個不停。他在已經拼好的三片拼圖上又加了一片，然後又一片。他的眼睛飛快掠過一大堆的拼圖，雙手不停的在上方移動，一面想著該拿哪一片，手指頭一面動來動去。有時他也會拿錯，可是大部分都是一次就拿對拼圖片。**啪**，一片拼圖完全嵌合進已經拼好的拼圖上，然後他又開始找下一片。

「你是怎麼弄的？」潔西問。她真的很會拼拼圖，是家裡面最厲害的，也是她認識的人裡面最厲害的。可是她沒辦法在一千片的拼圖裡，找到正確的拼圖片，而且從**中間**開始拼，尤其是像這樣一幅除了豆豆糖什麼也沒有的圖畫。

「我很聰明！」麥斯威爾說，繼續拼。**啪，啪**。

「我也很聰明啊，可是我就沒辦法這樣！」她說。她想專心拼邊框，可是麥斯威爾的動作太討厭了，害她不能專心。

「豆豆糖。」麥斯威爾說，彈著手指，看著那堆拼圖。

「對，豆豆糖。」潔西心不在焉的說，

「外婆叫我潔西豆豆。」

「為什麼？」麥斯威爾問她。

「就只是綽號啊。」

「我討厭綽號。」麥斯威爾大聲說，「綽號都很難聽。」

潔西驚訝的抬頭看他。她也有同樣的想法，可是之前從來沒聽別人也有相同的想法。「對，我也討厭綽號！我希望大家都能叫別人原來的名字就好。」

「嗯，」麥斯威爾說，他又拼好了一片。他指著他拼好的那一塊說：「哇，很少見耶。」

「什麼？」潔西問，看著拼圖。

「奧克拉荷馬州。」麥斯威爾說的一點也沒錯，潔西也看得出那塊拼圖的樣子很像奧克拉荷馬州。

潔西看著麥斯威爾拼好一片又一片的拼圖，心裡開始冒火了。以這種速度，她別想拼了。潔西說：「你知道嗎？我喜歡自己一個人拼拼圖，不需要別人幫忙。」雖然這話不是真的，可是跟一個在你連一角都還沒拼完之前就把整幅拼圖完成的人一起拼拼圖，實在是一點也不好玩。這就好像是有人在你還沒開始做數學題之前就告訴你答案一樣。「我們做別的事吧。你想做什麼?」

「**看糊塗情報員!**」麥斯威爾說。

「嗄?」

「那是有史以來最棒的電視節目耶。一共有六季,從一九六五到一九七〇年,一共一百三十八集。」麥斯威爾走向電視櫃,打開下層的櫃子。裡面是外婆的光碟片,大部分都是兒童電影,潔西和伊凡都不再看的影片。可是麥斯威爾從裡面拉出了一個盒子,那是潔西從來沒見過的。盒子上寫著「**糊塗情報員**」,上面還有圖片,是一個穿套裝打領帶的男人一臉驚訝的表情。

「第一季,飛行員的那集。」麥斯威爾說。他把光碟片放進了放映機裡,人就在沙發上坐下來看。第一集的名稱是「大人物先生」。

影集很好笑。潔西笑得好開心。主角是個笨蛋情報員,為一個超級機密的政府機關工作,這個部門叫作「**控制**」。情報員的名字是麥斯威爾・聰明,他的代號是八十六號。

「我懂了,」潔西說,轉頭看麥斯威爾。「難怪你一天到晚在說你很聰明,麥斯威爾・聰明!你是在開玩笑嘛!」

麥斯威爾的頭上下點。「對！我叫麥斯威爾，我很聰明。喬伊斯太太都這樣說！她說：『你很聰明，麥斯威爾。』沒錯，我是在開玩笑！」

影集中，麥斯威爾．聰明可是一個認真嚴肅的情報員。他喜歡當老大，而且每一次他都相信自己到最後一定能逮捕犯人。有人可能會覺得他滿專制跋扈的，可是潔西覺得他很棒。

還有一個代號九十九的黑髮女人情報員跟一隻叫 K-13 的狗。他們一起使用各種很棒的工具，像是望遠鏡眼鏡，假手大衣和鞋子電話。其中，潔西最喜歡的是望遠鏡眼鏡。

「我們也應該那樣。」潔西看完第一集之後說：「我們應該要像間諜一樣，去盯梢，看看是誰偷了鐘。我們可以解決犯罪，就跟麥斯威爾．聰明和九十九號一樣。」

「好啊！」麥斯威爾說，「就這麼辦。」

「我是說真的，」潔西說，「當真的情報員，不是假裝的。」

「好啊！」麥斯威爾說，「就這麼辦。」

「真的嗎？」潔西問他。她很意外麥斯威爾立刻就同意了。她還以為還得費一點口舌才能說服一個六年級生來執行她的計畫呢。畢竟她才四年級，而且還是個年紀很小的四年級生。

「我們得趕緊想辦法！」她說，「後天就是除夕了。」

「就像在拼圖一樣。」麥斯威爾說。

「你說的對。這就像是拼圖，而我最會拼拼圖了。」潔西說。

「我也是，」麥斯威爾說，「我很聰明。」

6 線索

線索

（clue，名詞）

事情發展的脈絡。在偵探小說中，需要透過線索，一一抽絲剝繭，找出答案。

伊凡跟彼得在修理屋頂的破洞。彼得站在屋外的梯子上，把木板拆掉，丟給伊凡；而伊凡就蹲在屋子裡的斜天花板下面，接住彼得丟下來的木板，再放到垃圾桶裡。他也得幫彼得把他需要的工具遞給他。

當媽媽出現在工地的門口，叫伊凡帶外婆去散步時，伊凡卻一點都不想停下來，他做了個鬼臉說：「不能叫潔西去嗎？」

伊凡跪坐在破洞下面，抬頭看到彼得直勾勾的看著他。彼得沒說話，只是搖了一下頭，伊凡就明白他的意思了。

「好啦，媽，」伊凡說。他站起來，擦掉褲管膝蓋部分的砂礫。「我馬上就回來。」伊凡對著彼得大聲喊。

「我等你！」彼得朝下喊，「記得跟以前一樣，好好照顧外婆喔，大男人伊凡。」

「外婆為什麼不能自己去散步？」伊凡皺著眉頭跟著媽媽。外婆對散步簡直就是上癮了，她每天都會去散步，有時候沿著農場，走八公里路，那可是在黑熊山腳下四十多公頃大的地方呢。

「伊凡，拜託。」媽媽的語氣表示這件事沒得商量。

伊凡走進了廚房旁邊的衣帽間時，外婆正把新的紫色圍巾圍在脖子上——就是那條潔西親手織給外婆的聖誕節禮物。她受傷的那隻手就塞在鼓鼓的冬季大衣下面，大衣的拉鍊已經全部拉好了。

「嘿，外婆。」伊凡說。

「我感覺到你現在並不想去散步。」外婆說。伊凡彎著腰穿靴子，不讓外婆看見他的臉。他想，有那麼明顯嗎？腦海中突然掠過了兩天前外婆在廚房裡跟他說的話，可是他又想起了媽媽的解釋——**外婆有點不對勁，伊凡**。

「不，我想去。」伊凡說。他已經長大了，他知道有時候因為不想害別人傷心不說真話，那麼不說真話就沒關係。「只是我正在幫彼得忙，他現在還滿需要我的。」

「彼得是個好孩子，」外婆說。

「孩子？」伊凡說，「他已經是個大人了耶。」

「對我來說可不是啊。我不管看誰都覺得很年輕啊！」外婆用牙齒咬住一隻手套，把沒受傷的手套進去。「你準備好了嗎？」

「好了！」伊凡說。外婆打開了後門，正要跨出去，伊凡的媽媽又在樓上喊著。伊凡慢吞吞的走上樓，覺得穿著厚重的滑雪外套和靴子整個人又熱又笨重。

「伊凡，」媽媽說，「儘量別走太遠，好嗎？雖然外婆以為她已經全都恢復了，可是我希望不要讓她太累。還有如果她願意讓你牽著走，儘量牽住她那隻沒受傷的手。至少要緊緊跟著她，萬一她絆倒了，你還能在她摔倒以前扶住她，好嗎？」

伊凡一點也不喜歡媽媽的這些叮嚀，可是他只是點點頭。他不習慣自己要照顧外婆，一向都是外婆照顧他跟潔西的。

「還有一件事，伊凡，」媽媽說，「別讓她走到新年鐘那邊，好嗎？我不想讓她……反正別讓她去那裡就對了，好嗎？」

下午的陰影早早籠罩了整片樹林，因為太陽已經下山了。伊凡很驚訝藍灰色的黃昏光線已經映照在雪地上。他轉身走到有溝渠的長車道，朝大馬路去。光是這段路就已經差不多一公里。不過外婆說她想走不同的路線，她想穿過樹林。外婆走到前門往黑熊山山腳的小路。這條路上有腳印，還有滑雪板留下的痕跡，所以伊凡知道潔西和麥斯威爾今天也曾在這條路上行走過。

伊凡和外婆談著他和彼得修理房屋的事，尤其是拆掉牆上燒焦的舊木頭再換上新的過程最刺激。這個工程滿困難的，因為他們在拆除的牆面是承重牆，也就是說它是支撐著二樓重量的牆。要是他們一次拆掉太多的木頭，整棟房屋就會倒塌。伊凡覺得這就像在玩疊疊樂，用積木堆出一個塔，然後一個接一個抽出積木，卻不能讓積木塔倒塌。

外婆的話不多。她在覆滿白雪的路上行走看起來很吃力，何況還要小心路上的樹枝和石頭。就連伊凡都感覺自己的心臟跳得比較快，而且每吸進一口冰冷的空氣，他的呼吸就更沉重一些。他想到彼得一整個下午都在屋頂上攀爬，忍不住好奇他是怎麼辦到的。

「外婆，我們要不要回去了？」陽光越來越弱了，而且他們已經走了十五分鐘了。伊凡甚至不確定他們已經走到了哪裡，可是外婆對這片土地非常熟悉。

外婆搖頭，卻沒出聲。她的呼吸聲變得更大了，而且因為爬坡，她還發出悶哼的聲音。這片山坡又大又漂亮，而且積雪似乎更深了。伊凡東張西望。這個地方還滿眼熟的，可是陽光太暗了，他實在不敢相信自己的眼睛和判斷。

沒多久，他們就快爬到山頂上了，外婆就走在他前面幾公尺的地方。山頂漸漸露出來，伊凡忽然覺得好冷、好害怕。

通常他們都從另一邊上勒佛氏山，山頂上應該要有新年鐘。但是當他們看見木梁時，發現就跟潔西說的一樣，大鐘不見了。

「外婆！我們回去吧！」伊凡覺得害怕，又不知道自己是在害怕什麼，這讓他更害怕。外婆沒有停下腳步，她反而直直走向新年鐘，或者該說是以前掛著新年鐘的地方。那裡少了鐘讓伊凡覺得似乎沒有比這裡更空曠的地方了。

外婆走到木梁那兒停了下來，她左顧右盼，然後又回頭看著空空的木梁。陽光微弱，伊凡看不太清楚她的臉上表情，可是光是部分神情就已經讓他嚇著了。她

一點也不像外婆。她的樣子像陌生人，一隻手在大衣下，所以衣袖飄來晃去的，像一條死魚。她的針織帽歪戴在頭上，一綹灰髮掉下來，纏著脖子。眼睛像是在搜尋什麼，可是漸褪的陽光讓人越來越難看清楚。伊凡東看西看，想知道她是在找什麼，可是厚厚的雪地似乎讓每一塊石頭、每一株樹、每一個形狀都變形了，實在是很難辨認出什麼來。

「是你把鐘拿走了嗎？」外婆的口氣很尖銳。

「才不是！」伊凡說。

「鐘在哪裡？你把它弄哪兒去了？」

「我不知道，外婆。我什麼也沒做。」

「還回來。現在就還來。鐘不是你的。」

「我沒拿！」伊凡說，越來越驚慌。他得想辦法讓外婆回家，可是他才朝她走了一步，她就慌忙退後，險些摔跤。伊凡嚇得不敢動。

「你是誰？」她生氣的詢問。

「外婆，是我啊，我是伊凡。」

「小偷。你是偷鐘的小偷。」外婆又回頭去看木梁，然後又看著天空。伊凡急死了，不知道應該怎麼把外婆騙回家。伊凡看得出來她累了，覺得很冷。他得想個辦法來照顧外婆，可是他什麼辦法也想不出來。他應該把她留在這裡，自己去求救嗎？還是他應該強迫她回家呢？他要怎麼樣不傷害到她，把她帶到安全的地方呢？

「外婆，是我，伊凡，我是你的孫子。我現在帶你回家，好嗎？」伊凡又朝她走了一步，但是外婆卻因為想躲開他而跌倒了。外婆坐在雪地上，受傷的那隻手仍然塞在大衣裡。伊凡覺得她受傷了，而這一摔也讓她更害怕了。她看著伊凡，彷彿她是被他推倒的，即使他站在三公尺以外的地方。

「別過來！」她說，「你是逃不掉的。」她又東張西望，然後說：「蘇珊呢？」

伊凡不知道該怎麼辦，不知道該說什麼。外婆不知道他是誰，就算他一直說真話也沒有用。

他用力思考，努力去想像此時此刻的外婆會有什麼感覺。

最後他說：「是蘇珊叫我來的，喬伊斯太太。她叫我來帶你回家。她在家裡等你。」伊凡等著看外婆會有什麼反應。

「好，」外婆說，「我需要跟她談一談，這裡出問題了，而且還是出了大問題。」可是她似乎不記得是什麼問題。

「我可以扶你起來嗎？」伊凡問。不過他沒有動。

「好，扶我起來。然後帶我去找蘇珊。我需要跟她談一談。」

伊凡慢慢走向外婆，把她扶了起來。要讓她起來不容易，他能感覺到自己的肌肉在出力，可是她還是做到了。

「你叫什麼名字？」外婆問他，扶正了帽子。

霎時間，伊凡想起了他跟潔西小時候玩的遊戲裡一個他們創造的人物。「壞脾氣芬克。聽候差遣，夫人。」他彎起了胳膊。

「這名字還真怪。」她說，可是她挽住了他的手臂，緩緩下山，穿過樹林，遠離逐漸降臨的夜幕，進入暖和明亮的屋子。

7 偽裝

偽裝
（disguise，動詞）
藉由言語或是裝扮，以隱瞞或是改變自己的身分。

潔西和麥斯威爾差不多一整天都在外婆家附近繞來繞去，想找到該監視的人。他們回到家看**糊塗情報員**，潔西邊看，邊把重要的地方記錄下來，以便用在監視任務上。他們已經看完了「外交官的女兒」那集，接著要看麥斯威爾・聰明偽裝成一隻超大的雞的那一集。她的筆記本上第一頁的最上面寫著「偷鐘賊」，她覺得聽起來就像是電視影集裡的其中一集劇名。

當伊凡一走進客廳時，潔西很訝異的看著他腳上沒脫掉的雪靴。「不可以！」她說，用鉛筆指著在滴雪的靴子。「你把雪弄進來家裡了！」

「媽！」伊凡大聲喊，「媽，來一下好嗎？」潔西看著伊凡的臉，他跟平常不一樣，看起來好像被什麼嚇到了一樣。潔西覺得沒道理啊，因為這棟屋子裡沒有什麼可怕的東西，伊凡在怕什麼。潔西看著麥斯威爾，他甚至沒注意到伊凡進了客廳，他正忙著看電視。

「怎麼了？」媽媽從樓上喊。

伊凡一次跨兩階，跑上樓去。十秒鐘之後，媽媽匆匆下樓來，伊凡緊跟在後面。兩人一句話也沒說，就消失在廚房裡了。潔西慢慢從沙發上起來，跟在他們後面。

媽媽在廚房裡，想把外婆的大衣脫下來，可是外婆一直閃躲，直說餵雞的時間到了。

雞——影片中**糊塗情報員**也正在扮雞。可是潔西知道外婆現在已經不養雞了。外婆以前曾經有養過，可是那是好久好久以前的事了。潔西還記得臭哄哄的雞圈；也記得她曾經抱著母雞，母雞的羽毛又鬆又軟；她甚至還記得各種顏色的雞蛋，溫溫、滑滑的觸感。那是很多年前，當潔西還是個小不點時的事情了。外婆為什麼說她現在得去餵雞呢？

「我去餵雞就好了，喬伊斯太太。」伊凡說。伊凡為什麼叫外婆**喬伊斯太太**？「我會把每件事都做好。」

「你又不會做！」外婆忿忿的說，「蘇珊，住手。我還有好多事要做呢。」她用沒受傷的手拍打潔西的媽媽，又一直閃躲。

「我會，我會做。」伊凡說，「飼料就在穀倉門左邊的桶子裡。我會先用空的牛奶桶把飼料鏟起來，然後再裝進兩個飼料槽裡。然後再把盤子裝滿清水。」

外婆不扭動了。「你怎麼知道的？」

「我以前都會幫你餵雞啊。」伊凡說。潔西覺得伊凡的聲音好奇怪，聽起來好像是從牙膏管裡硬擠出來的。

「是嗎？」外婆的聲音小小的，看著伊凡好久。「那，好吧。」

伊凡從後門走出去，朝穀倉走。他是要去哪裡？

「來吧，媽。」媽媽一面說，一面幫外婆脫掉大衣。外婆現在非常安靜，她的眼神和非常非常專心在拼一片特別難的拼圖時很像。

媽媽把外婆帶出廚房。潔西跟著她們到客廳，看著她們上樓。

「很少見耶！」潔西喃喃的說。

「真的很少見。」麥斯威爾說，他接話接得很及時，但兩隻眼睛仍黏著電視。

幾秒鐘以後，伊凡從前門走進來。

「你為什麼要假裝去餵雞？」潔西脫口就問。

伊凡指著天花板。「外婆在樓上嗎？」

「對，跟媽在一起。」潔西看著伊凡的臉，「根本就沒有雞呀，伊凡！」

伊凡聳聳肩。「我知道。我只是覺得這樣說最簡單。唉唷，我不知道啦。」

「她又假裝不認識你了嗎？」

「她不是在假裝，潔西！」伊凡好像在生氣。他為什麼要生氣？潔西做錯了什麼？

「沒道理啊，」潔西說，「沒有人會忘記家人，不可能的。」

「對，那你去跟外婆說啊。**你**可以跟她說話，她還記得**你**。」這下子潔西很肯定伊凡是在生氣了。

「一點道理也沒有，」潔西說，「我要去叫媽下來。」

「不要！」伊凡說，「別去吵她，她在照顧外婆。」

「那又怎樣？她還是可以跟我說話啊。」潔西說完，就朝樓梯走去。

「不要去！」伊凡的語氣讓潔西停下來，向後轉。麥斯威爾看電視笑得好大聲，伊凡看著他，然後用很冷靜的聲音說：「他為什麼一定要在這裡？」

「我們在看電視啊。」潔西說。麥斯威爾又怎樣了嗎？伊凡為什麼不要他在這裡？

「隨便。」伊凡說，然後就走向廚房了。可是在走進廚房前，他轉過頭來告訴潔西：「你說的對，新年鐘不見了。外婆跟我，我們看見了，就在她變呆以前。」

潔西回到沙發上，坐在麥斯威爾旁邊。說不定外婆會忘東忘西跟新年鐘消失了有關係。外婆第一次變呆的時候，也是潔西在說鐘消失的事，現在外婆**親眼**看見鐘不見了，又變呆了。所以，潔西想，會不會鐘也是一個原因。如果新年鐘回到原來的地方，恢復以前的樣子，外婆會不會好一點？

「明天就是除夕了，」潔西跟麥斯威爾說，「我們一定要在明天午夜以前找到新年鐘。」

8 亂了套

亂了套

（Out of Whack，片語）

不正常、出問題，打亂了固定的格式或是方法。

隔天早晨，彼得教伊凡怎麼用鉛錘來判斷東西是不是垂直的。他們在更換樓上的窗子，得把窗框裝得很直才行。不過，這件事並沒有伊凡以為的那麼容易。

「你不能隨便塞進牆壁上，」彼得說，「因為這是一棟老房子，梁柱都歪了，所以你也不能用地板或是天花板來當標記，因為地板已經傾斜，天花板也壓彎了。老房子都這樣，到處都亂了套。」

伊凡點頭，心想：老房子亂了套，老人也是啊。

彼得教伊凡怎麼使用鉛錘，他說：「鉛錘是個綁在繩子上沉重金屬錐，把金屬錐放下，繩子就會拉直，而且直直的對準地球的中心。」

「真的嗎？」伊凡問。

「真的。不管你去哪裡，不管你站在哪裡，鉛錘就會直直的指著地球的中心。」他把鉛錘交給伊凡，讓他嘗試看看。「這就是地心引力的作用。」

伊凡把鉛錘掛在手指上，跟溜溜球一樣。「好酷喔。」

「就跟我爸說的一樣，『地心引力是我們的朋友。』」

彼得到五金行去買新的鍍鋅螺絲釘時，伊凡就在家裡拿著鉛錘繞著房屋四處轉，想看看能不能找到任何一樣東西是筆直的。結果很驚人，伊凡以為門是直的，可是當他把繩子舉高時，就發現門是歪的。前門亂了套，樓梯的欄杆也亂了套，客廳的每一扇窗戶都亂了套。

媽媽進城去找保險業務員談火災理賠的事，潔西跟麥斯威爾出去了，而外婆在睡午覺。「這棟房子歪七扭八的！」他在房子大喊，他以為沒有人會聽見。卻從廚房傳來聲音：「這還用說！」伊凡走進去，發現外婆脖子上圍著新圍巾，受傷的手在吊帶裡，可是她用一隻手就把圍巾圍好了。

「外婆，你應該要好好休息一下的。」伊凡把鉛錘放在廚房流理臺的烤麵包機旁邊。他發現媽媽的手機正留在家裡充電。媽媽的手機已經老舊了，電力差不多一天就耗光了。她老是說要換掉，卻一直沒換。

「誰說的？」外婆說。

「媽說的。」

「我又不是四歲小孩，伊凡。我自己知道自己什麼時候會累，而我知道我現在不累。」

伊凡聽到外婆認得他是誰，鬆了好大的一口氣，也露出了笑臉。可是當他一看見外婆在穿雪靴，臉上的笑容就消失了。「你要去哪裡？」

「散步啊。」外婆說，「整天關在家裡我都快瘋了。」

「不行，」伊凡堅定的說，「媽不想要你出門——」他差點就說一**個人**出門，幸好忍住了。

「從什麼時候開始，我得聽你媽媽的話了？」外婆穿上了兩隻靴子，正要去拿她的暗綠色農夫外套。她把沒受傷的手穿進袖子裡，然後把受傷的胳膊藏在外套底下，扣好鈕釦。伊凡看見她扣鈕釦的動作又快又順暢，實在驚訝。他覺得外婆真的很了不起。

「拜託你不要出門了，外婆，」伊凡說，「時間很晚了，馬上就天

黑了。」

「我會快去快回。我只是需要伸伸腿，看看天空。樹林在召喚我。我受不了一整天待在屋子裡。」

伊凡知道他沒辦法阻止外婆。她就是要出去。但是有壞事要發生的那種驚慌的感覺又再度湧上來了，他要怎麼防止壞事發生？他該怎麼辦？

「那我跟你去。」他說。

「好，可是動作快一點。沒多少陽光了。我到前面去等你。」外婆戴上了帽子，把潔西的圍巾又繞了一圈，就從後門走出去了。

伊凡穿上外套，再檢查兩隻手套是不是都在口袋裡，然後他開始找靴子。有一隻在鞋箱裡，可是另一隻不見了。他把整個鞋箱都翻出來了，也找了長椅下方，甚至還在廚房裡尋找，就是找不著。五分鐘過去了，他最後想到要去烘乾機和牆壁之間的夾縫找找看，他的靴子果然在那裡，緊緊的卡在縫隙裡。他用力把靴子拉出來，穿上後，急急忙忙從後門出去，繞到屋子的前院。

可是外婆不見了。

9 監視

監視
（stakeout，名詞）
針對特定人選，暗地觀察他們的行為、動向；或是關注某一個場所的狀況。

「我們需要地圖。」潔西說。她和麥斯威爾在他家計畫設置監視站。「喔！今天就是除夕了，真是糟糕！」幸好才剛過中午，只要動作夠快，他們還有時間找到鐘。

麥斯威爾的房間裡有一大堆的繪畫材料：紙、彩色筆、彩色鉛筆、尺、圓規。他甚至還有建築師用來畫設計圖的大斜面桌。真是完美極了。潔西爬到高腳椅上，準備畫畫。

在外婆房子的一公里半內只有四棟房屋：巫普敦家，路易絲太太家，麥斯威爾家，還有好多年都沒人住的老簡森家。去年夏天潔西和伊凡從窗戶往裡看，屋子空空的。

可是隨時都會有人搬進去。潔西問：「那棟空的老房子裡有人住嗎？」

麥斯威爾扮了個鬼臉。「現在是辛克萊爾家，」他說，「我搬來以後他們也搬來了，可是是我們家先來的！」

潔西在地圖上寫下「辛克萊爾家」。然後她叫麥斯威爾過來，兩人一起瞪著那張紙。

潔西敢說，一個人住的路易絲太太絕對沒有偷走新年鐘，因為路易絲太太快九十歲了，像她那麼老的老太太絕對搬不動一個四十五公斤重的鐘。

巫普敦夫婦是外婆的好朋友，外婆跌倒以後就是他們開車送她到醫院的。巫普敦夫婦一個星期至少會來看外婆一次，潔西的媽媽也經常跟他們通電話。

「我覺得巫普敦家不會拿走外婆的鐘。」潔西說，她指著橋另一邊的辛克萊爾家。「他們是什麼樣子的人？有沒有小孩？」

「有，是很壞的男生。」麥斯威爾邊說，邊開始前後搖晃，右腳像跨了半步，然後再把重心放到左腳。「兩個，很壞、很壞的男生。」

「是怎樣的壞法？」潔西問，回想去年班上有女生開了她一個很爛的玩笑。潔西覺得光是想到她們做的事，她的臉就變燙了。

麥斯威爾搖頭。「我不想說。反正就是壞男生。兩個都是，壞蛋。」

潔西皺著眉頭。她需要麥斯威爾幫忙。如果她要當九十九號情報員，她就需要一個八十六號情報員。

「那他們幾歲了？」

「傑夫五年級，邁克四年級。」麥斯威爾搖晃得越來越快，然後他忽然停住，開始繞圈子，右手甩來甩去，像在揮鞭子，還發出奇怪的噗噗聲。

「哈，他們沒多大嘛！」潔西說。可是在心裡她卻想像著兩個像高塔一樣立在她面前的男生，比伊凡還要高，雖然伊凡已經是四年級班上最高的學生了。

「他們不必年紀大，但他們就是很壞。」麥斯威爾說。

「你一直在說同一句話。」潔西說，「不要再重複了，還有幫幫忙，坐下來。你很吵耶。」有時麥斯威爾實在是很讓人分心。

麥斯威爾在床沿坐了下來，可是仍一直在彈手指，腳前後晃動，悄悄的從嘴巴吐氣。

「你聽過他們談論我外婆的鐘嗎？」潔西問他。

「嗯嗯，在公車上。他們說要去拿。」

「真的嗎？」潔西說，「他們真的那樣說？你為什麼不早說？」

「你又沒問。」

「這種問題還需要問嗎？你應該知道要把這種消息告訴情報員啊。」說真的，有時候她真搞不懂麥斯威爾。他是個聰明的孩子，可是有時候他的腦袋裡好像裝的都是石頭。

「你是什麼時候聽到他們在說外婆的鐘的？」

「星期三，十二月八日，下午兩點二十三分。」

潔西瞪著他。「你怎麼會記得那麼清楚？」

麥斯威爾聳聳肩。

潔西不確定麥斯威爾會是天底下最糟的間諜或是最棒的間諜，不過既然他們找到嫌犯了，也該出發去監視了。

潔西指著地圖。「我們要去那裡監視他們，」她說，「我們必須去監視那兩個男生，看他們做什麼，把東西都藏在哪裡。」

「不、不、不，」麥斯威爾說，一直搖頭，「我不要去，他們是壞孩子。」

「他們絕對不會看到我們的啦。我們躲在樹林裡。」潔西說，「可是我們需要望遠鏡眼鏡。你有那種東西嗎？」

「我不要去，」麥斯威爾說，「我不要去。」

「好，」潔西說，「我自己一個人去。」

「好。」麥斯威爾說。

潔西搖頭。「是朋友的話就不會讓另一個朋友自己去監視，你真的很不會當朋友。」潔西想起一直都是伊凡在幫她說明跟別的小孩相處的規矩，現在換她跟麥斯威爾說明這些規矩，感覺好詭異。

可是也無所謂了，因為麥斯威爾似乎一點也不在乎被潔西罵是差勁的朋友。潔西覺得他好像念念不忘的就是離辛克萊爾家越遠越好。她想了一分鐘，決定要換個方法試一試。

「你不是說你很聰明嗎？」

「我是聰明啊，」他說，「麥斯威爾．聰明。」

「那，如果你真的是麥斯威爾．聰明，那就把你老是跟局長說的話說給我聽啊。」潔西把聲音變得低沉，希望聽起來就像糊塗情報員裡的局長。「麥斯威爾，你會面對各種想像不到的危險……」潔西等著麥斯威爾回應。她知道麥斯威爾把一百三十八集的對話通通背下來了。

麥斯威爾說得好小聲，潔西根本聽不到。「大聲一點！」她大聲喊，「麥斯威爾，你會面對各種想像不到的危險……」

「……而且會樂在其中！」麥斯威爾大聲說，露出了大大的笑容。

「看吧！一定會很好玩的。我們就像九十九號跟麥斯威爾．聰明一樣，我們會找到新年鐘的！」

「我們不會從他們那裡找到新年鐘。」麥斯威爾說。

「別這麼悲觀，」潔西說，使用了她最愛的一個重量級詞彙。她手上拿著地圖就朝門口走。「我們需要找個望遠鏡，還有手電筒。搞不好還應該帶個武器。」

一個小時之後，他們蹲在樹林邊緣的一叢小松樹後面，只要跨過前面鹿溪的橋，就是辛克萊爾家，那裡還有他們的穀倉和更多樹林。

潔西拿著從麥斯威爾的媽媽那裡借來的望遠鏡看，但什麼也沒看到。她真希望望遠鏡是裝在一副眼鏡上，就像**糊塗情報員**裡的望遠鏡眼鏡一樣，可是沒時間去弄那種東西了。

「我們要再靠近一點。」她說。

「不要。」麥斯威爾說，慢慢後退，而且還有點小跑步的樣子。

潔西也不等麥斯威爾同意，拔腳就跑，半蹲著跑向屋子，儘可能把身體壓低。這樣子很難前進，因為雪仍然很深，可是她決定要看看屋子裡的情況。

潔西來到了門廊臺階，急急忙忙跑上去，緊貼著外牆。她覺得她做得跟真正的情報員一樣好。而她很擅長這個！一想到她就要監視一樁真正的犯罪與真正的嫌疑犯，她就很興奮。

她動也不動，等了一分鐘，想看麥斯威爾會不會跟上來，可是她拿望遠鏡回望那叢松樹，才看見他還在原地，正蹲在雪地裡。

真是一個膽小鬼！雖然潔西在心裡這麼說著，但她自己的心臟也像打鼓一樣，不過起碼她還敢跑到門廊上來。接下來要做什麼？繼續監視任務？或是回去帶麥斯威爾過來？她想著真正的九十九號會怎麼做，馬上就知道她沒有選擇。情報員總是一起合作，不然要搭檔是幹什麼用的。

潔西躡手躡腳離開了門廊，跑回松樹叢那裡。她發現麥斯威爾根本沒有換姿勢，仍然蹲在雪地裡，用腳跟當支力點，身體前後搖晃著。

「你現在就得過來。」她說。

「不要！」

「要！」

「我不要！」

「你要！」

他閉上眼睛，用力搖頭。

「麥斯威爾．聰明，聽我說。你有任務，你就要完成它。我們是間諜，他們是敵人。間諜都這樣，我們偷偷摸摸靠近敵人，然後監視他們！」

她揪住麥斯威爾的大衣袖子，然後他真的跟著來了。兩人就這麼一前一後穿過了院子，上了門廊。不到一分鐘，他們都緊貼著牆壁，頭頂距離窗戶只有幾公分。

後來他們鼓起勇氣抬頭去看屋內，卻什麼也沒看見。只看見一個正方形的舊餐廳。

潔西默默用手招呼麥斯威爾跟著她。她蹲低身體穿過了門廊，到前門另一邊的窗戶去，麥斯威爾也緊緊跟在她後面。

這一次他們緩緩抬頭看著窗子裡面，什麼也沒看見。就只是客廳，裡面一個人也沒有。

潔西往下躲，背用力貼著牆壁。她看著麥斯威爾，希望他能有什麼好點子，可是他就是一副想回家的模樣——原來監視的工作也沒有潔西想像的那麼容易。

突然間，屋子裡傳出鏘鏘聲和砰砰聲。大門猛的打開，兩個穿著滑雪外套和靴子的男生衝出屋子，衝到了門廊上。

10 搜尋

搜尋
（seek，動詞）
找尋、探索，企圖從搜索與檢查中找到更多資訊。

伊凡拔腳就跑到車道上，他相信自己一定很容易就能看到外婆。她穿著暗綠色的外套，在一片白茫茫的雪地裡會像旗幟一樣明顯。他希望能追蹤她的足跡，可是潔西、麥斯威爾、彼得和伊凡昨天在房屋四周留下一堆的腳印，根本看不出車道上混雜的腳印是誰的。

而且萬一外婆沒有走車道呢？萬一她是直接往左右兩邊的樹林走呢？伊凡跑過小池塘，左看右看。樹林裡暗暗的，高大的松樹棕色綠色的影子，動個不停。太陽低掛在天空中，樹林好像在把奇形怪狀的東西吐到他的面前。要是外婆沒有坐下來休息，萬一外婆在樹林裡受了傷，躺在地上，被濃密安靜的樹包圍住，他就再也見不到她了。

他加快腳步。他想要大聲叫喚，可是心裡有個聲音卻叫他不要。搞不好外婆又忘了他是誰，搞不好她會怕他；要是她聽到他在叫她，搞不好還會躲起來，那他就永遠也找不到她了。

這個念頭隨著他跑的每一個步伐，不斷的撞擊著他的腦子。天氣很冷，天色也越來越暗了。外婆年紀大了，記性也不好了。伊凡聽說過有人會死在山裡，小孩子會在暴風雪中迷路，大人的汽車會拋錨，健行的人離開山徑就會失去方向，還有人因此死在山裡的故事。

伊凡一直跑。車道又長又彎，而且延伸了八百公尺才接上大馬路。他呼吸沉重，每呼吸一次都感覺有生鏽的刀子在鋸他的肺。他的眼睛因為寒冷而刺痛，鼻孔下也積了兩坨鼻涕，可是他還是一直向大馬路跑去。外婆會走多遠？走到大馬路上嗎？她穿著暗綠色的外套。天黑以後她穿著這種顏色的外套走在馬路邊，誰也看不見。萬一有車子繞過彎路的時候開太快，沒看見她呢？

伊凡跑到了大塊岩石那兒，聽見有輛汽車過來——車子離開大馬路，轉進了車道，車輪發出嘎吱嘎喳的輾壓聲。應該是媽媽吧！如果不是因為在冷風裡跑太久，喉嚨太乾，伊凡一定會放聲大叫。他用力揮手，朝馬路跑去。

可是那不是媽媽的汽車，而是彼得的卡車，彼得把車窗搖下來，想知道伊凡為什麼像個瘋子一樣跑到馬路中間。伊凡大口喘氣，強忍著想哭的衝動，告訴彼得發生了什麼事。

彼得認真的聽伊凡說完，他說：「好，我們先打電話給你媽媽。」

「她沒帶手機——她把手機放在家裡了！而且我也不知道她在哪裡，大概是在城裡，跟保險業務員見面。」

彼得緩緩點頭，慢慢消化伊凡的話。

「那好吧。得有人待在家裡等著，你可以待在家裡接電話嗎？要是你外婆已經自己回來了呢？」

伊凡點頭。

「我先打電話報警，他們會組成搜索隊。你媽幾點會回來？」

伊凡搖頭。「她說晚餐以前。」

「我想我還是開車進城去找她吧。」彼得說，「要是她比我先回來，請她打我的手機，好嗎？」

「好。」伊凡很慶幸彼得能在這裡幫忙。可是，彼得說的話沒有一句能讓伊凡覺得安心、可以馬上找到外婆。

「我載你到屋子裡。」彼得說。

「不用了，我自己走回家。」伊凡說。他希望彼得能趕快出發去找媽媽，越快越好。再說屋子裡也沒有人在等他，他可以慢慢走回去。

彼得倒車回到馬路上，然後車子一轉，轟的一聲開走了。伊凡開始慢慢走路回家，每走一步，他就更加相信外婆一定還在漸漸變黑、冰天雪地的樹林裡。他忍不住覺得都是自己的錯，他應該要勸她不要出去散步的，他應該要讓她留在衣帽間裡等他的，他應該要快一點找到靴子，他應該要聽到她離開的聲音，他應該要猜出她往哪個方向走，他應該不要變成那個她不記得、不喜歡的人才對。

伊凡走回屋子後，先去穀倉看看，裡面一個人也沒有。他站在前院，最後看到外婆的地方，瞪著屋子，沒有燈，外婆也沒有回來。彼得叫他在家裡等，那是他的工作。這幾天，彼得教了他每個人做自己的工作，而且把工作做好是非常重要的一件事。

可是，如果外婆跑去新年鐘那裡了呢？如果新年鐘「呼喚她」了呢？外婆總是這樣說的，有時候有東西會呼喚她，她必須要跟著聲音去。可能是一隻鳥，一叢鳶尾花，池塘，月亮，這些東西都會不時呼喚外婆，而她只要聽到呼喚聲，就會出門。

於是，伊凡衝進樹林，找到穿過樹林到勒佛氏山的小路。太陽已經下山，每樣東西都變得灰灰的，不過伊凡對這條路很熟。他匆匆走到了陡坡的山頂上。伊凡東張西望，黑熊山在他的背後像一道滔天巨浪，而樹林像是守護大門的士兵。腳下的積雪好似把一切聲音都埋住了，而寒氣也漸漸滲透他的靴子，爬到了他的腿上。

伊凡瞪著山頂上的木梁，它依舊空空的，新年鐘不在這裡，外婆也不在這裡。

伊凡突然想念起爸爸，這是他偶爾才會有的感覺。這種緊急時刻爸爸應該在這裡的，可是爸爸卻總是不在，而且他已經很長一段時間不在家了。有時他會寫電子郵件來，還附上他去過的各種地方的照片，有時他會寄禮物來——巴基斯坦的帽子，或是阿富汗的藍色玻璃小瓶子。但是伊凡差不多已經有一年沒看到爸爸了。

伊凡想起他需要誰來幫他找外婆了，不是爸爸，也不是媽媽。他需要某個會把它當作數學題目一樣，努力解題的人，某個能保持頭腦冷靜的人，某個會拼拼圖的人——他需要潔西。

伊凡知道從勒佛氏山到麥斯威爾家的路，他估算了一下，如果全程用跑的，大概十分鐘不到就到了。當他準備轉身下山，空氣中卻有一陣東西的碎裂聲，還夾帶著尖叫聲。聲音來自橫跨鹿溪的小橋那裡。伊凡開始朝那裡跑去。

11

證據

證據

（evidence，名詞）

證明事實的憑據。在偵探小説中，推理者常會利用線索找尋兇手，並透過證據應證推理內容。

潔西覺得像是有人揮動魔杖，讓她的身體變成石頭，每一束肌肉都瞬間凍結，空氣卡在肺裡，連她的眼睛都無法眨一下。她的背緊緊的靠著牆壁，希望自己能馬上隱形。

不過，那兩個男生根本就沒轉身看她。他們衝下門廊，連看都沒看一眼，就直接朝穀倉跑去。他們迅速就消失了，只剩潔西和麥斯威爾在寬敞的門廊上。

「好險。」潔西低聲說。

可是麥斯威爾一開始完全沒吭聲。他的臉色有點灰白，眼睛直瞪著兩個男生消失的地方。

後來他才低聲說：「要是被他們發現，他們一定會殺了我們。」

「才不會呢！」潔西低聲回應他，「他們可能會大吼大叫跑去跟他們的媽媽說，然後我們可能會惹上麻煩，可是他們才不會殺了我們呢。」

「你根本不認識他們！」麥斯威爾的聲音一下子高了八度。

「噓！你是想害我們被抓到嗎？拜託，麥斯威爾，像個間諜好嗎？」

麥斯威爾站直了身體，開始繞圈子。潔西則拿望遠鏡觀察穀倉裡的動靜。

「他們在抬東西。」她說，「你看到了嗎？」潔西看見兩個男生的手上都有東西，可是她太害怕了，看不清楚那是什麼。

「是鞋盒和錘子。」麥斯威爾說，他仍然在繞圈子。「拿鞋盒的是傑夫，拿錘子的人是邁克。」

「哇，你還真是厲害的間諜耶！」潔西說。她真希望自己也有注意到他們手上的東西，可是一切都發生得太快了，她來不及看清楚。

潔西又看著穀倉。麥斯威爾繞圈子的速度放慢了，最後總算靜止下來，站在某一個地方，身體前後搖晃。

「我們必須去看他們在穀倉裡做什麼！」潔西說。

麥斯威爾卻開始搖頭。

「我們必須去那裡。我敢打賭他們一定都把東西藏在那裡。穀倉裡一定有一個密室，他們現在就在那裡面。要是我們能找到密室，就一定能找到新年鐘。」潔西說。

「不行，」麥斯威爾說，「我們不能去，而且我們不會在那個穀倉裡找到新年鐘。」

「嗯，反正我們一定會找到東西的！來吧。」潔西說。她壓低身體跑下門廊，匆匆越過前院到穀倉。回頭一瞥，她才發現麥斯威爾留在原地不動。看來這一次監視的工作得由她自己來了——**九十九號單飛了**。

穀倉的大門微微打開，可是潔西不想從這裡監視。萬一那兩個男生衝出來，她一定會被逮到。她還記得剛剛在門廊上緊貼著牆壁，沒有地方可躲的恐怖感覺。她聽到穀倉裡傳來音樂聲，那是一首流行歌，而且是她曾經聽過的。

不行，這一次她要學聰明一點。這幾年來，她跟伊凡曾在這棟穀倉走了十幾次，她知道穀倉的側面和後面都有窗戶。她走向穀倉左邊，來到第一扇窗戶前面。那兩個男生打開穀倉裡所有的日光燈，把穀倉照得像舞臺一樣亮，剛好讓潔西更容易看見裡面，而且她知道陽光漸漸接近黃昏，漸漸沒有日光了，所以他們就算抬頭看，也幾乎看不見潔西。

她把頭探出去，仔細看穀倉裡頭的狀況，可是只看到牽引機、掛在牆上的舊工具，還有一張工作檯上面堆滿了雜誌，一捆捆的乾草，就跟外婆的穀倉一樣。潔西看不見那兩個男生，卻聽到鎚子聲。

她再度蹲低，快速的向第二扇窗移動，可是還是看不到那兩個男生。鎚子聲短暫停下來一下子，隨即又開始。

潔西繼續繞著穀倉外圍走，開始想著，是否要偷偷溜進穀倉裡。她把頭探到穀倉後面小窗前，站在離他們不到一公尺的地方，而其中一個男生正面向她。

潔西趕緊把頭低下去，等著聽他大叫。可是錘子聲沒有中斷，潔西才發現，因為裡頭的燈光很亮，加上屋外越來越暗，窗戶就變成了一面單面鏡，她可以從窗戶外偷看卻不會被發現。

於是她慢慢抬起了頭。

傑夫和邁克就在穀倉後面的小房間裡，這裡的天花板較低，地板上放滿了木頭。潔西東看西看，發現這個小房間是用來儲存柴火用的。劈好的柴火堆放在一側，這裡凸一塊那裡凸一塊的。房間裡看起來很髒，潔西覺得裡頭陰森森的，可是的確是適合藏匿東西的地點。

傑夫和邁克站在中央的架子前面，潔西看見他們在木板上釘了兩根釘子，還額外多釘了兩塊X形薄木板，釘子上掛著兩條繩子。這兩個男生還在原本的木板上繼續釘東西，年紀小的邁克負責穩住釘子，讓年紀大的傑夫把釘子釘好，可是潔西看不出來那是什麼。潔西伸手到背包裡，掏出筆記本，草草畫下她看到的情景。這可能是重要資訊，她可不想畫錯。

潔西一面監視他們，一面在猜他們究竟是在釘什麼。上面的釘子上，有兩個轉軸能輕易轉動。她把轉軸加入自己的草圖裡。

「他們在做什麼？」旁邊有人低聲說話。

潔西嚇了一大跳，手上的鉛筆差點就掉了。原來是麥斯威爾從穀倉的角落探出頭來。他偷偷摸摸溜到她附近，但她卻完全沒聽到！他真的很有當間諜的本領。

潔西揮手要麥斯威爾過來，他無聲無息的在雪面上滑行。她指著她畫的草圖，又指著窗戶，接著聳肩，表示她不知道裡面是在做什麼。麥斯威爾把頭伸出

去，從窗戶偷看。

「盒子裡是什麼東西？」麥斯威爾跟潔西耳語。潔西完全忘了傑夫拿過來的鞋盒。那個盒子就放在地上，距離兩個男生有幾公尺，上面還壓著石頭。潔西搖搖頭。

兩個男生測試轉軸。他們轉動轉軸，轉軸轉得飛快，發出呼呼呼、剝剝剝的聲音，傑夫和邁克樂得大笑。潔西完全被搞迷糊了，他們的樣子一點也不壞啊！他們是在建造什麼新的東西，潔西也很喜歡做那種事，無論是打造複雜的軌道來比賽打彈珠，或是為檸檬水攤手繪招牌和加遮陽篷。

在她旁邊的麥斯威爾又開始發出噗噗聲。潔西看了他一眼，用力搖頭。這次的盯梢不能搞砸，因為他們在明晚之前不會有第二次機會可以來找新年鐘了。麥斯威爾一手摀住嘴巴，開始前後搖晃。他的眼睛黏在窗戶上，簡直像是在看恐怖電影一樣。

潔西回過頭，正好看到邁克把鞋盒拿起來，伸手進蓋子中。傑夫也擠了過去，潔西還是看不出來他們在做什麼。

接著邁克舉高了兩隻手，潔西看見他抓著一隻青蛙，而且是一隻活生生的青蛙！青蛙的後腿在邁克的手下面踢了兩下。邁可抓著青蛙，傑夫則用釘子上的繩子綁住青蛙的一條前腿，再用另一根繩子綁住另一條前腿。潔西想不通他們想要做什麼。不過，麥斯威爾又發出了噪音，可是潔西從來沒聽過這種噪音，很像是呻吟，卻很短促。他摀著嘴巴，所以聲音也模糊不清，可是潔西仍然很擔心兩個男生會聽見，不過她也無能為力，她眼睛直盯著穀倉裡頭。

青蛙被吊起來了，牠的背靠在兩個男生釘的薄木片上，露出淺綠色的肚子。牠想踢腿，可是牠強而有力的後腿只踢得到空氣。

接著，他們開始擺弄青蛙的後腿，傑夫抓住青蛙的左腿，用轉軸上的線來綁住牠。邁克抓住青蛙的右腿，也一樣用轉軸上的線綁起來。潔西的腦袋裡漸漸浮出一個畫面，轉軸會一直轉，繩子會越收越緊，青蛙的腿會越拉越長，越拉越長，最後……

潔西從眼角看著麥斯威爾用一隻手摀住嘴巴，他發出的噪音越來越快，而且越來越大聲。潔西覺得自己就像是在水底下，水的壓力從四面八方壓過來。她的腿覺得好重，胳膊覺得好重，嘴巴彷彿被封得死緊，好像被一隻大手按住。她無法移動，也不能思考。

傑夫開始轉動左邊的轉軸，邁克則轉動右邊的。青蛙的後腿拚命踢著，可是繩子從四個方向拉，沒多久牠的腿就只能輕輕的顫抖，再過一會兒，連顫抖都停止了，因為青蛙四條腿都被拉得筆直，動彈不得，只有軟軟的淺綠色肚子還稍微上下起伏，彷彿牠的心臟就要從胸腔跳出來了，牠的嘴巴張開又閉上，潔西覺得牠好像是在無聲的尖叫。

突然間，**真的**有尖叫聲，潔西原以為是青蛙在叫，但是這個尖叫聲是潔西從未聽過的。她轉過頭，發現原來是麥斯威爾放聲大叫，他一面踢雪，一面尋找埋在雪底下的東西。等他找到了他要的東西——跟他拳頭一樣大的石頭——他撿起來，用力朝窗戶丟過去。玻璃立刻粉碎，把潔西嚇得向後跳。麥斯威爾一直叫一直叫，好像是他被人活活剝皮了。

然後他像箭一樣飛了出去，回頭跑過橋，把潔西留在黑暗中，而辛克萊爾家的兩個男生從破掉的玻璃窗裡直直瞪著她。

12 公平正義

公平正義

（justice，名詞）

人們心中的正直與義理。

伊凡朝鹿橋跑去，天色越來越黑了，他看見橋的另一邊有人跑過來，可是實在太暗了，他看不出是誰。跑過來的那個人像發了瘋似的，手臂在天空亂抓，兩腿動得飛快，彷彿後面有野獸在追他似的，迅速衝下山坡，朝小橋跑來。伊凡不得不停下腳步，以免在橋上跟他相撞。這時他才看見那個人原來是麥斯威爾。可是麥斯威爾不是跟潔西在一起嗎？那潔西呢？剛才是誰在尖叫？又是誰打破玻璃？

「麥斯威爾，發生了什麼事？」伊凡大喊，可是麥斯威爾根本沒停下來，他像火車頭一樣衝過來，跑過伊凡面前。

「停下來！停！」伊凡大聲喊，可是麥斯威爾好像聾了一樣，他跑進樹林，然後就消失不見了。

伊凡轉身跑過鹿橋，跑上了山坡，看到一棟屋子，那裡原本是老簡森家。他看見房子的燈亮著，就要往門廊走去時聽到了說話聲，是從後面的穀倉傳來的，而且其中的一個聲音是潔西的。

於是伊凡繞到穀倉的後面，差點撞到潔西。她兩腳張開，膝蓋以下都埋在雪堆裡，她的手臂彎曲著，兩隻手上都各握著棒球一樣大的石頭。

潔西面前有兩個男孩，伊凡花了不到一秒鐘的功夫把他們打量一遍，大的那個體型跟伊凡差不多，另一個也沒小多少。潔西一看見伊凡，就立刻退後三步，可是手裡仍緊握著石頭不放。不愧是潔西，一個人就想對付兩個男生，可是伊凡看得出來她其實很害怕。

「嘿！」伊凡大喊，向前跨了一步。

「他是你哥哥嗎？」大的那個男孩對潔西喊，「他也沒多大嘛！把我們的手都綁在後面也能把他打得落花流水。」小的那個男生哈哈大笑說：「對呀！」

「那就來試試看啊！」伊凡說，他向那個較大的男孩挑釁，挺起胸膛，舉起拳頭，就在這時，一塊石頭落在他們之間的地上。

「住手！」潔西說，「打架的是白痴！」

「打破我們窗戶的那個才是白痴！」

「他才不是白痴。你們才是白痴！你們做的事噁心死了！」

「到底是怎麼回事啊？」伊凡大聲問。

「他們在裡面虐待青蛙，伊凡！」潔西說，伊凡看得出來她快哭了。「麥斯威爾跟我在監視他們——」

「好啊，你們在我家裡監視我們……」

「那又怎樣！你們應該被抓去坐牢！」

「你們才要去坐牢！私闖民宅、偷窺，還打破窗戶！」

「閉嘴！」伊凡大吼，人人都安靜了下來。「潔西，你為什麼要打破窗戶？」

「不是我啦，是麥斯威爾打破的。因為他們把一隻青蛙綁起來，想把牠的腿拉斷，而且那隻青蛙還是**活的**耶。」

伊凡看著兩個男生，他們好像突然變成了啞巴。大的那個看著地下，小的那個看著大的，然後也看著地下。

伊凡搖頭，「太過分了，你們真的太變態了。」伊凡也像別的

孩子一樣喜歡腦漿啊內臟什麼的，可是一想到傷害活生生的動物，他就反胃想吐。

「這裡是我家，我們想做什麼都可以。你們就是私闖民宅。」大的男孩對伊凡做出挑釁的動作，小的那個也在後面支援。

伊凡也向前跨了一步，表示自己不怕他們。可是一個打兩個，這場架會打得很辛苦！而且伊凡其實也沒有多少打架的經驗。他握緊拳頭，希望現在能有一個朋友在這裡，不管是保羅、傑克，甚至是史考特・斯賓塞也好。如果是兩個對兩個，才是公平的打鬥。

咻。又一塊石頭飛過來，這一次打中了那個大男孩的肩膀。

「唉唷，你幹什麼啦？」伊凡大聲叫，「你不可以丟石頭。」

「誰說的？」潔西說，「拿規則書給我看。」潔西的聲音聽起來怪怪的，伊凡看得出來她在發抖。可是她仍然站在原地，就跟她之前讓史考特・斯賓塞為了偷

檸檬水的錢而受審時，她在面對史考特一樣。她可能是世界上體型最小的四年級生，因為她是跳級生。不過潔西卻常在班上當老大，只要和正義有關，她就什麼也不怕。

「抓住她！」大的男生跟小的說。小男生才朝潔西走近一步，伊凡就衝到他面前。伊凡用力推了他一把，把他推倒在地上，然後又轉身對付那個大的。伊凡舉起拳頭，準備揮擊。那個大的男生立刻後退。

「嘿，冷靜一點。又不是什麼多了不起的事，」他說，「拜託，你們兩個真的是討厭鬼耶。趕快把你那個笨蛋妹妹帶走啦。」

伊凡仍然舉著拳頭，毫不退縮。他從眼角瞥見小的男生在哭，但是他已經站了起來。就跟媽媽說的一樣，面對欺負弱者的傢伙只要勇敢對抗他們，他們就會退縮。

「走吧，小潔。」伊凡說，放低拳頭。

「不要。」潔西說。

伊凡看見她仍緊握著兩塊石頭。**不要？她是在想什麼啊？**

「小潔，我們要走了。」

「我們得帶走青蛙。」

大的男生向前一步。「不准你們進我們的穀倉，我絕對不會讓你們進去。」

伊凡看得出來他是認真的，絕對不能亂動農家的財產。伊凡在這裡夠久了，知道這裡的規矩，也知道潔西的要求是得寸進尺，而且她會害他們兩個惹上一大堆麻煩。

可是潔西才不管呢，她說：「我會把你們家穀倉的每一扇窗戶都打破，讓你們的媽媽出來看是怎麼回事，然後**你們**可以跟她說你們剛才在裡面做什麼。」

糟糕了，伊凡心裡想，他覺得內臟都絞成了一團，這下子要被宰了。

「你敢再丟一塊石頭——」大男孩朝潔西跨了一步，伊凡也向他邁了一步；那個小男生則繞到伊凡的後面。麻煩來了，伊凡心裡想。

突然有人大聲喊：「傑夫、邁克！你們在哪裡？」是一個女人的聲音，而且是從屋子傳來的。

「太好了！」潔西說，「你們現在就得進去了，不然她就會出來找你們。然後呢？嗯？」

讓伊凡詫異的是，大男孩猶豫了；小男孩也停止動作、僵立不動。

「你們兩個馬上給我進來！」女人的聲音像保齡球一樣，滾過院子，「如果讓我再喊一次，你們一定會後悔！」

那個小男孩拔腿就跑。

大的那個看著伊凡和潔西，並說：「給你們五分鐘，等我再從家裡出來的時候，你們最好已經離開了。」他朝屋子走去，可是一繞過穀倉，他拔腿就跑，一直跑到門廊上才停下來，兩個男孩都消失在屋子裡。

伊凡還沒說話，潔西已經朝穀倉裡跑，她喊著：「我們得把青蛙救出來！」

當他們走進穀倉，走向存放柴火的房間，青蛙的前腿被綁住了，後腿虛弱的踢了幾下，好像是一面投降的旗子。潔西不想碰青蛙，所以伊凡用雙手捧住青蛙的身體，讓潔西把繩子解開。等他們解開最後一條繩子後，伊凡把青蛙放在穀倉骯髒的地板上。

青蛙彷彿是忘了怎麼活動似的，牠的後腿扭動了幾下，像是在冰冷的地上找不到穩固的立足點。牠的腳踢著空氣，無法前進。伊凡和潔西看了一會兒。

「牠會死掉。」潔西說，伊凡也覺得她說的沒錯。青蛙忘了怎麼跳，可能是腿斷了或是哪裡受傷了。伊凡覺得好難過。

伊凡低頭看著青蛙說：「我們不能把牠丟在這裡等死，我們必須帶牠回家。」可是他心裡真正想的卻是我們得**讓牠不要再受苦**。他彎腰去把小青蛙捧起來，青蛙突然跳走，消失在柴堆下了。

「嘿！」潔西說，「牠沒事了耶！你看到了嗎？哇！」

潔西對伊凡微笑，他也想笑一下，可是沒辦法。他的腦子裡仍然迷漫著黑暗的想法。「來吧，」他說，「我們得走了。而且我們的時間不多了。」

13 混亂

混亂
（mess，名詞）
雜亂，沒有秩序的樣子。

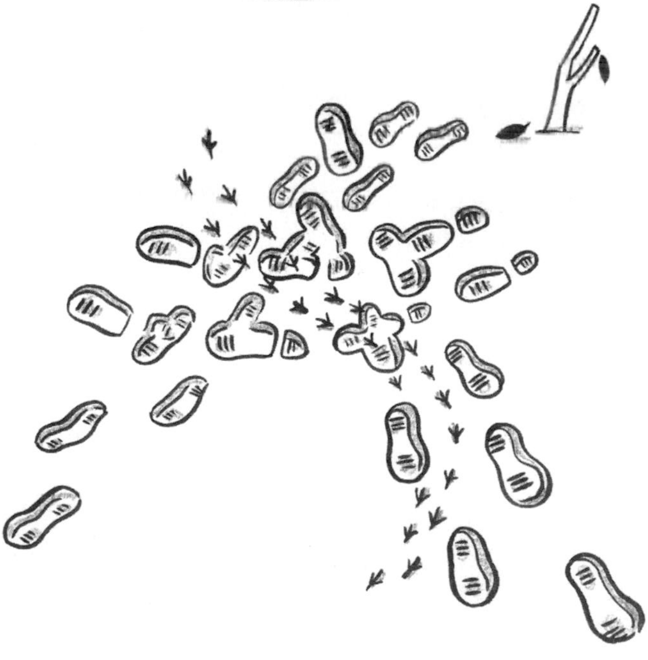

伊凡和潔西需要有個搜索的起點，而潔西想不出還能從什麼地方開始。他們走回勒佛氏山的山頂上，夜幕降臨了，一層厚厚的雲壓在天空中。幸好，潔西帶了手電筒，微弱的黃色光束照在地上，剛好夠他們使用。

潔西用手電筒照著前方，沉重的木梁立在原處，應該掛著鐘的地方空蕩蕩的。消失的鐘究竟在哪裡？潔西盯了傑夫和邁克大半天，什麼線索也沒找到。她還是沒辦法證明是他們偷了鐘。到頭來她這個間諜工作做的還真差勁！而麥斯威爾更是半途而廢，他像發了瘋一樣跑掉了——他跑去哪裡？麥斯威爾現在在哪裡呢？他也消失了嗎？

「搞不好外婆之前來過這裡。」潔西說，把手電筒的光照過地面。雪地上有上百個腳印，潔西和麥斯威爾這幾天在這座山上走了好幾次，伊凡也在聽見麥斯威爾尖叫和打破玻璃的聲音之後穿過山坡，現在地面上的腳印就像是一團亂麻。

「潔西，用力想。」伊凡說，「這就像在拼圖，你拼拼圖最厲害了。外婆會去哪裡了呢？」

潔西抬頭看著黑熊山那邊，可是漆黑一片，根本就看不見。她後面的樹林也是一片黑暗。她的面前是一片黑，背後也是一片黑。到處黑漆漆的，外婆到底能去哪裡？

又冷又溼的東西落到潔西的臉頰上。然後是又一片，再一片——下雪了。

「喔，外婆。」潔西小小聲說。

「加油，潔西。」伊凡說，「你一定能想出來的，我知道你能。」

潔西在心裡列了一張清單。「外婆不會走大馬路，她討厭在大馬路上散步，所以不用管那裡了；她沒去鄰居家，如果有去，鄰居早就把她送回來了。她不在穀倉裡嗎？」

「我找過了。」

「你不覺得她是在農場的哪個地方嗎？」

伊凡點頭。「對，可是在農場的哪裡呢？」

農場很大，有四十多公頃。

「我們回去她出發的地方，然後我們再走後面那條路。」

那條路線是外婆最愛的散步路線，可以一路走到黑熊山山腳下，然後繞一圈穿過樹林，爬上山坡到新年鐘那裡。潔西跟外婆至少走過一百次了。

他們回到黑漆漆的房子，伊凡跑進去再拿一個手電筒，順便留張字條給媽媽，然後兄妹倆都穿上了雪鞋出門。雪下得更大了。

這趟路可不輕鬆，伊凡帶頭，潔西跟在後面。他們邊走邊拿著手電筒掃射四周，一下子照左邊的樹林，一下子又回來照行走的道路，然後再照右邊的樹林。潔西不時大聲喊：「外婆！」潔西聽到有什麼東西在她的腳邊扒的聲音，但她告訴自己那只是松鼠，也可能是兔子，沒什麼好怕的。可是，她仍然加快了腳步，緊跟在伊凡的屁股後面——有時跟得太近，她的鞋子踩到了伊凡的鞋跟，害他差點摔倒。她以為伊凡會轉過身來對她吼叫，可是他沒有，他只是繼續往前走。

兩人來到了黑熊山山腳下，潔西的滑雪

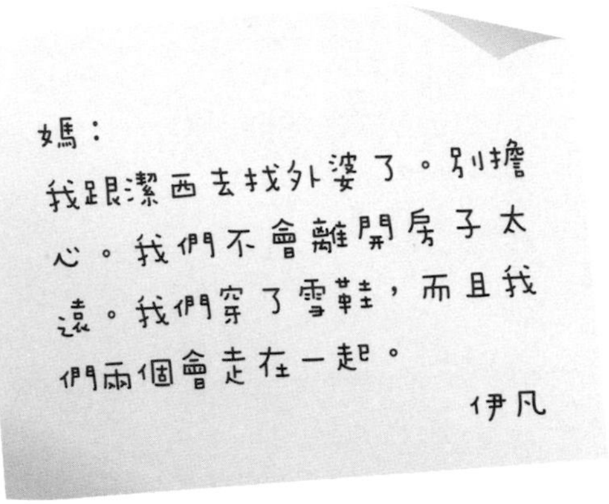

媽：
我跟潔西去找外婆了。別擔心。我們不會離開房子太遠。我們穿了雪鞋，而且我們兩個會走在一起。
伊凡

帽底下又熱又出汗，瀏海全貼著額頭。手套裡的手指也都溼了，可是臉頰卻冷得刺痛。

潔西用手抹了抹臉，「我們還沒找到她。」她說，並停在小路的轉彎處休息，因為再繼續向前走，就會進入樹林了。她希望伊凡能說句話，說句能讓他們振奮的話，可是伊凡一聲不吭，只是拿著手電筒照了四周一圈。微弱的黃光在樹木、石頭、飄飛的雪花上跳動——到處都是雪，覆蓋了所有的東西，而且越下越大了。

伊凡和潔西繼續走，這時他們走進了蔓延在勒佛氏山另一頭的樹林裡，這裡連小路都不算有。如果想不迷路，就得跟著有標記的樹木走，可是樹林裡黑漆漆一片，找不到標記。即使是兩人一齊用手電筒直接照著樹幹，紛飛的雪花也害他們看不見任何標記。

樹林裡好安靜，「外婆！」潔西大聲喊著，聲音好像都放大了。伊凡一直停下來，潔西看得出來伊凡在確認方向。在這片樹林裡即使是白天走都常常會迷路，更何況現在是晚上，沒有月光照路，他們得全神貫注才能找到路，走到山頂上。

「你在哪裡，外婆？」

兄妹倆到了山頂，站在大木梁的兩邊，瞪著四周的黑暗。

「伊凡？」潔西說，「我不知道她會在哪裡。」潔西覺得有一種沉重的感覺逐漸滲透了她的身體，她知道她沒辦法拼好這個拼圖。她失敗了。

伊凡的聲音又虛弱又緩慢，他告訴潔西：「你會想出來的，潔西。我知道你一定做得到。」

潔西看著伊凡，發現他在哭。他的臉頰上溼了兩塊，昏黃的手電筒光也照出他的長睫毛上閃著淚光。

「你為什麼在哭？」潔西問他。

「因為我很冷！我很害怕！而且——」伊凡兩手隨便揮了揮，「這裡很黑，很黑。潔西，外婆一個人在外面，我敢說她現在的感覺一定跟我一樣，又冷又怕，被黑暗嚇得半死。」

潔西思索著哥哥的話，她想著，這倒是一條新線索，她用力動腦筋，想加到「拼圖」裡。

「嗯，如果外婆會冷……那她就會去找一個溫暖的地方。」潔西說，「如果她會害怕，那我猜……」潔西過濾著她自己覺得害怕或難過時會去的地方或會做的事，有可能待在學校裡的保健室、她的臥室，讀一本喜歡的書，「她可能會想躲起來。」

農場上有哪個地方既溫暖，又可以躲起來，是一個讓你覺得安全的地方。潔西努力想像這樣一個地方，她閉上眼睛，想要更專心。她叫大腦去思考森林裡舒適、安全和隱密的地方。

忽然她睜開眼睛，看著伊凡。「我知道她在哪裡了。」

14 推理

推理（reasoning，名詞）

從已知或假定的線索來推算結論或是結果；或是從已知的結果，回推事件發生的過程、理由。

潔西和伊凡在樹林裡走了一陣子，但是他們找不到帳篷。

如果是在白天問伊凡，他會說，**我蒙著眼睛也找得到帳篷**。可是現在他們在一片黑暗之中，就跟蒙著眼睛走路一樣，伊凡不知道該從何找起。他跟潔西在樹林裡亂走，手電筒照向每個方向，但是就是找不到帳篷。

萬一他們一直找不到帳篷，該怎麼辦呢？天氣這麼冷，外婆絕對沒辦法在外面過夜。就算警察能馬上湊足人手，組織一支搜索隊，等他們找到她的時候也來不及了，更何況伊凡到現在為止都沒看到樹林裡有別的手電筒的燈光或聽到說話聲。外婆老了，而且又摔斷了一隻手，有時候會頭腦不清楚，所以她需要大家的協助。他越走越快，可是卻完全不知道他們究竟是離帳篷更近或是更遠了。

「停下來！」潔西說，「我們需要有計畫的尋找。我們不能到處亂走，希望能瞎貓碰上死耗子。」

於是他們順著來路回到新年鐘那裡，盯著樹林看。

「閃電樹在哪裡？」伊凡問。他們拿著手電筒來回照著，可是雪花太密了，完全看不見。於是他們兩人分開走，各自從樹林的兩邊出發，慢慢走向中間集合，檢查每一棵樹。

最後伊凡終於大喊：「我找到了！」他真的找到那棵樹了，而且絕對不會弄錯。閃電樹除了黑漆漆、光溜溜的一根樹枝以外，就只剩樹幹了，而那根樹枝指引著進入樹林裡帳篷的方向。伊凡和潔西越走越進入樹林深處。伊凡一直跟自己說，**快到了，快到了**，因為是他覺得他們已經浪費太多的時間了。

「就在那裡！」潔西說，用手電筒指向林間。

帳篷果然在那裡，那個他們前年夏天搭建的帳篷，足以撐過一百個冬天的帳篷還在它該在的位置。伊凡拔腿就跑，步伐很笨拙，雪鞋啪噠啪噠的拍打著地面。當他跑到帳篷門口卻停了下來，不敢看帳篷裡面是怎麼一回事。

潔西追了上來，看著伊凡，伸手就要掀開防水布。

「不要！」伊凡說，抓住潔西的手，並拉回來。他不知道會看見什麼，萬一不是好事情，他可不想讓潔西先看見。

他向前一步，用身體擋住潔西的視線，這才慢慢的把防水布掀開一條縫，用手電筒去照帳篷裡面，再順著光圈望去。

是外婆，她盤著腿，坐在地上。

她的眼睛因為突然看到光線，像貓頭鷹一樣不停的眨著。她坐在這裡多久了呢？

「嗨！」伊凡不敢直接喊她**外婆**，怕她會害怕。他覺得外婆看起來就像站在懸崖的邊緣，隨便一個突然的動作就會害她摔下去。他注意到她的帽子歪了，潔西送的圍巾斜掛在一邊的肩膀上。

「公車來了嗎？」外婆說，「我等了好幾個小時了。」

「外婆！」潔西從伊凡後面大喊。潔西把伊凡推開，鑽進了了帳篷。他想抓住她，把她拉回來，可是他一手拿手電筒，另一手抓著防水布，所以來不及阻止她。

「你為什麼在這裡，外婆？」潔西差不多是用吼叫的說，「你為什麼不回家？」

外婆一臉茫然，「我在等公車，等了好幾個小時。公車為什麼誤點了？」

「外婆，你在說什麼啊？這裡根本就沒有什麼公車！」

「沒有公車？什麼意思？誰說沒有公車，我每個星期都要搭三次公車呢。」

「外婆。」潔西聽起來像是要哭了，「不要再裝了，不要再裝了。這一點也不好玩！」

外婆不高興的瞪著潔西一眼。「你是誰？為什麼對我大呼小叫？公車呢？」

「伊凡！」潔西大喊，這下換她哭了。伊凡看見眼淚出現在潔西的眼眶裡，他知道要是她真的哭了起來，就會沒完沒了。潔西很少哭，可是一哭就像暴風雨來臨。

「潔西，沒關係。」伊凡說，拉住她的胳膊。她想甩開，可是伊凡抓得很牢，「來，先到外面來。」

潔西讓伊凡把她拉出帳篷，兩人肩並肩站在雪裡。「她累了。」伊凡說，「而且她老了。現在的情況就是這樣，我們要習慣。」

「不！不，不，不要！」潔西說，拚命搖頭，「我不要習慣，我永遠也不會習慣！她甚至不認識我了！」

「她認識你。」伊凡說，「在她的腦子裡，她知道你是誰，她只是現在還沒有找到那裡。這就像我在外婆家的房間，房間還在，可是我們有一陣子不能進去，因為那裡是禁區。可是她會再想起你來，等她沒有這麼冷又這麼累的時候。」

「我討厭這樣。」潔西低聲說。

伊凡彎腰跟她說悄悄話，「我知道。可是潔西，聽著，我們得把她帶回家。你能不能進去跟她說話？讓她出來？」

潔西搖頭，「不能，我做不到。」

「好吧。」伊凡說，「沒關係。你不必去，我去。不過拜託你不要吵，好不好？我覺得我們剛剛嚇到她了。」

潔西用力閉上嘴巴，點點頭。伊凡在帳篷外站了一下子，他在想辦法。然後他把雪鞋的扣子解開，脫掉了雪鞋，再掀開防水布，低頭走進去。

前年夏天他們剛開始搭建帳篷的時候，伊凡還可以站在最高的柱子旁，但是現在他的頭卻已經頂到靠著中央樹幹的樹枝了。他剛要彎腰就發覺跪下來比較方便。他跟外婆眼睛對著眼睛，他只看一了眼，就知道她非常害怕。

「老奶奶？」他說，「你是在等公車嗎？」

「對啊！」她說，「我等了好幾個小時了！」她一副鬆了好大一口氣的樣子，像是非常開心的表情。伊凡真希望自己能在樹林的中央變出一輛公車來。

「公車今天不會來了。」他說，「公車發生了一些問題，爆胎了。所以公車今天不會過來了。」

「那派另一輛來啊！」外婆說，「太離譜了。這條路線每小時都會有一班公車，我搭了好幾年了。我還能背出時刻表呢。」

「全部的公車都壞了，」伊凡說，「實在很抱歉。」

「太不可原諒了！」外婆說，「我要寫信投訴。」她那隻沒受傷的手開始揪著外套。

「對，你應該寫信投訴。」伊凡說，「可是現在呢，我們得送你回家。」

「等一等。你是誰？」她突然問。

「我在客運公司上班。他們叫我來告訴你公車不來了，叫我帶你回家。」

「我等了好幾個小時耶！」

「我知道。」伊凡說，「真是對不起，你應該寫信投訴。」

「我一定會寫！」

趁著說話的時候，伊凡緩緩向外婆靠過去，等他用一隻手按住她的胳膊時，她並沒有退縮。他把她扶起來，她就靠著他的肩膀，跟著他走。

「外面還有另一個乘客，」伊凡說，「她也等了好幾個小時。你願意讓她跟我們一起走嗎？」

「太不可原諒了。你們不能讓人家等好幾個小時。大家都要靠公車才能回家。還有長椅呢？是誰把長椅拿走了？」

伊凡扶著外婆走出帳篷，對潔西點個頭，她已經退後了幾步。「大概是調皮的小孩子吧。」伊凡說，「最近的小孩子常常會做一些蠢事。」

他把外婆的胳膊架在肩膀上，一隻手扶住她的背，另一隻手用手電筒照著前面。潔西緊跟在後面，可是外婆一次也沒有回頭看她。

伊凡繼續走，外婆似乎以為她還是年輕時，那時她一個星期會搭三次公車到社區大學上課。走一走，她會停下來問伊凡：「你說你是誰啊？」伊凡就會提醒她，他是客運公司的員工，他的工作就是護送她回家。途中她還說：「我不能回家！我得去上課！」可是伊凡告訴她因為下大雪，學校都停課了。外婆說她覺得這太離譜了，不過她並沒有停下腳步。

快到外婆家的時候，伊凡看見了媽媽的車和彼得的卡車就停在前面。他突然覺得好累，好想馬上停下來，躺在雪地上休息。可是外婆一看見前面的屋子，精神就變好了。

「謝謝你。」她說，放開了他的肩膀，拍了拍他的滑雪外套前襟，「謝謝你送我回來，現在你可以走了。」說完她就轉身進到屋子裡了。

伊凡看著她走上了臺階，敲掉靴子上的雪，推開了前門。他看得出來她很清楚自己回到家了。

「伊凡？」潔西問他，「她沒事吧？」

「沒事，你自己看，她很好。」她頓了一下才說：「她只是跟以前不一樣。」

「真的很不一樣。」潔西說。

伊凡聳聳肩。「沒那麼不一樣啦。她還是我們的外婆啊。」他朝房子走了幾步，然後轉彎，但是潔西沒有跟上來。「來吧，我們進去吧。」

「不行。」潔西說，「我要去看麥斯威爾。」

伊凡立刻想起麥斯威爾稍早像一隻野生動物一樣，一面跑一面尖叫，伊凡覺得他好像有擔心不完的人。「你得先進來，讓媽媽看看你，確定你沒事。」

潔西點頭。伊凡朝屋子揮了揮手，「快過來，等一下我陪你去麥斯威爾家。」

15 解謎

解謎（Unravel，動詞）解開不明白或難以理解的事物，揭發事實的真相。

伊凡一向說到做到，不過他並不是馬上就陪潔西去找麥斯威爾。因為家裡有一陣小小的騷動。媽媽擁抱他們兩個大概有一百多次，然後是彼得打電話給警察，解散搜索隊。接著，伊凡告訴大家他們是如何找到外婆的，因為**潔西**猜對了地方，因為**潔西**很聰明——潔西很喜歡這個部分的說明。

然後他們一起吃了晚餐，雖然只是罐頭湯和冷三明治。因為沒有人有力氣去煮飯，而且大家也都餓壞了。吃完晚餐後，媽媽要外婆早點上床休息，不管今晚是不是除夕夜了。

外婆去休息後，潔西想去看麥斯威爾，伊凡則陪她出門。雪停了，月亮也從雲層裡露出來，所以媽媽答應讓他們出門，可是要快點回家。

看到麥斯威爾家之後，伊凡停在小路上。「我在這裡等，好嗎？你想回家的時候就叫我。」伊凡從未去過麥斯威爾家，所以他覺得突然拜訪不太好。

潔西本來希望能不必見到麥斯威爾的媽媽庫柏太太，想個辦法偷溜進去就好，結果還是她來開門。她請潔西到客廳坐，等她把髒碗盤放進洗碗機。潔西在沙發上坐下來，看著鋼琴上面的幾十張的照片，全都是麥斯威爾的。

庫柏太太從廚房出來，一邊用擦碗巾擦手，然後她坐在潔西的旁邊。通常潔西在大人身邊都覺得很自在，有時候甚至比在小孩旁邊自在，可是這一次她卻覺得很不自在。

庫柏太太瞪著她看，表情像大理石一樣冷硬，她問：「好吧，今天下午出了什麼事？」

潔西想了一下，她應該從頭說到尾嗎？會害麥斯威爾惹上麻煩嗎？他們違反了什麼規矩嗎？如果她把監視的部分省略不說呢？

最後，她覺得反正整件事是瞞不住的，還不如現在就說出來。所以她把一切都告訴庫柏太太，她說到消失的鐘，說到麥斯威爾在公車上聽到的話，說到監視以及最後整個都亂掉了。她描述青蛙被虐待的事，然後是打破窗戶的石頭，還有麥斯威爾尖叫著跑走的事。庫柏太太仔細傾聽，一句話也沒說。

潔西說完以後，庫柏太太只說：「我真希望那兩個孩子沒搬過來。」

「我也是。」潔西說，想著失蹤的鐘。她敢打賭也是那兩個男生藏起來的。

「可是麥斯威爾為什麼怕他們？他比他們大啊。」

「他們之前捉弄過他，開了很過分的玩笑。大約一個月前，他們騙麥斯威爾爬進一個搬家的紙箱裡。他們說是在玩遊戲，可是那並不是遊戲，他們在惡作劇，還用膠帶把箱子封死了，把麥斯威爾丟在裡面好幾個小時。麥斯威爾不喜歡狹窄的空間。」

「太可怕了！」潔西說。她沒辦法想像自己被關在膠帶封死的箱子裡，光想到密閉的空間，她就覺得兩條腿和胳膊都不由自主的在抽動。

庫柏太太看著房間的另一邊，緩緩搖頭，「**他們就是壞孩子。**」

一點也沒錯。可是為什麼他們會是壞孩子呢？難道他們生下來就壞？會不會人生下來是一個樣子，另外一些人又是一個樣子？潔西一直思考著。

「如果你想要的話，現在可以去看看麥斯威爾。」庫柏太太邊說，邊站了起來，「他在房間打電動。」

潔西跳下沙發，爬下樓梯，到地下室去，麥斯威爾的房間在那裡。她才走到第三階就停下來，轉身問庫柏太太：「麥斯威爾有什麼毛病嗎？」

庫柏太太停在廚房門口，看著她，「他只是有點不一樣。他看事情的方式跟我們不一樣。他對世界的感覺也不一樣。我們不覺得煩惱的東西卻會害他煩惱，像是大聲的噪音，或是日常生活中的改變，或是陌生人。很多我們覺得沒什麼大不了的事，可是對麥斯威爾來說卻很嚴重。雖然麥斯威爾聰明的不得了，但是有些事他卻搞不懂，像是情感，他在感情理解方面真的是非常、非常不拿手。」

「喔！」潔西說。

他跟我一樣，她心裡想。

麥斯威爾就靠在床頭龐大的大猩猩枕頭上，大猩猩的胳膊抱著麥斯威爾，看起來很像是這隻毛茸茸的大猩猩想要去拿麥斯威爾手上的遙控器。

潔西走進麥斯威爾的房間，他連頭都不抬。

「嘿！」她說。

麥斯威爾只是點個頭，眼睛仍盯著螢幕。

潔西也盯著電視看，他在玩的是尋寶遊戲，是侏儒、龍、巨人和其他的神話人物彼此戰鬥，蒐集寶藏的遊戲。沒多久她就坐到床沿上，跟麥斯威爾一樣著迷遊戲內容。

「我也可以玩嗎？」潔西問。

「不行，我剛好玩到一半。等一下。」

「等一下是等多久？」

「等我死掉。」

「你什麼時候要死？」

麥斯威爾聳聳肩，「可能還要很久，我真的很會玩這個遊戲。」

潔西看著螢幕右上角的寶藏積分越來越高。麥斯威爾選的角色是一個兩眼亮晶晶的侏儒，他拿著一把印第安人戰斧，好像所向無敵。他先殺死了一隻龍，然後是兩個邪惡的雙胞胎精靈，接著是一個大巨人。那個大巨人的武器可以射出閃電。

「真可惜傑夫和邁克在傷害青蛙的時候，我們沒有這種武器。」潔西說。

麥斯威爾點頭，「不然我就會把他們兩個都殺死。」

「在現實世界裡你不應該想要殺人。」潔西說。不過她知道他的意思。她真的很不喜歡那兩個男生。而且雖然伊凡、潔西和麥斯威爾總算把青蛙救出來了，她知道辛克萊爾兄弟將來還是會做出一樣殘忍的事情。到時又會有誰可以阻止他們呢？

而且潔西敢肯定新年鐘是他們偷的，他們一定把鐘藏在穀倉裡或是塞到門廊下，說不定是埋在樹林裡。「你覺得是他們偷的嗎？」她問麥斯威爾，「我是指新年鐘。」

「不是。」麥斯威爾說，他使勁的按著遙控器。他的動作好快。潔西看著他的侏儒砍掉了一個黑袍魔術師的頭。

「為什麼？」

「因為我知道鐘在哪裡。」

潔西仍然盯著螢幕，但沒聽懂麥斯威爾說的話。他是在說遊戲裡的東西嗎？可能是他沒聽懂她在說什麼。

「你知道**什麼**在哪裡？」

「鐘啊，」麥斯威爾說。「噹噹！」他指著螢幕。「我損失了一條命，可是我可以買回來。」麥斯威爾從積分裡扣掉了一萬點，所以那個死掉的侏儒又跳了起來，再次開始戰鬥。

「你知道鐘在哪裡？」潔西的語氣非常平靜。她覺得自己像是走進了一家精神療養院，而在醫院裡是不應該大吼大叫的。

「對。」

「在哪裡？」她的聲音大了一點。

「在我的衣櫃裡。」

「**在你的衣櫃裡？**」潔西從床邊一躍而起，推開衣櫃的滑動門。地上有個洗衣籃、一個裝滿樂高的舊箱子，以及外婆的鐘。

「你為什麼把外婆的鐘藏起來？」潔西這下子用吼的。

「不是我偷的，我是在保護它。喬伊斯太太住院住了一整個星期。我不想讓傑夫和邁克拿走這個鐘，所以我就把鐘拿下來，藏到我的衣櫃裡。」

「可是……可是……你為什麼不告訴我？」

「你又沒問。」

「可是……你明明知道我在找這個鐘啊！有人在找東西，你知道東西在哪裡，你就要說出來才對！」

麥斯威爾繼續打電動，「你說那就像拼圖。而且你說你喜歡自己一個人拼拼圖，我以為你想要自己一個人解開答案。」

「可是你不能拿走別人的東西卻不跟人家說啊，那樣是**偷竊**。」

「才不是，我早就跟喬伊斯太太說過了。我去醫院看她的時候就跟她說了，她大概是忘了。」

哈，還用說！潔西心裡想。

她瞪著鐘，鐘就跟以前一樣。只不過現在是放在麥斯威爾的衣櫃地上！她真的覺得全世界都發瘋了，只剩下她是地球上唯一清醒的人。她想不出該說什麼，「你真的……你……」

「聰明！」麥斯威爾說，「我是麥斯威爾，我很聰明。」

潔西看著麥斯威爾，他仍起勁的按著遙控器，殺死左右兩邊的地精和巫師。就像他媽媽說的一模一樣——麥斯威爾跟我們不大一樣。

她抓住鐘的頂端，想要抬起來，看看到底有多重。鐘只是稍微搖晃了一下，她是絕對無法一個人抬起來的。

「好吧，既然你那麼聰明，」潔西

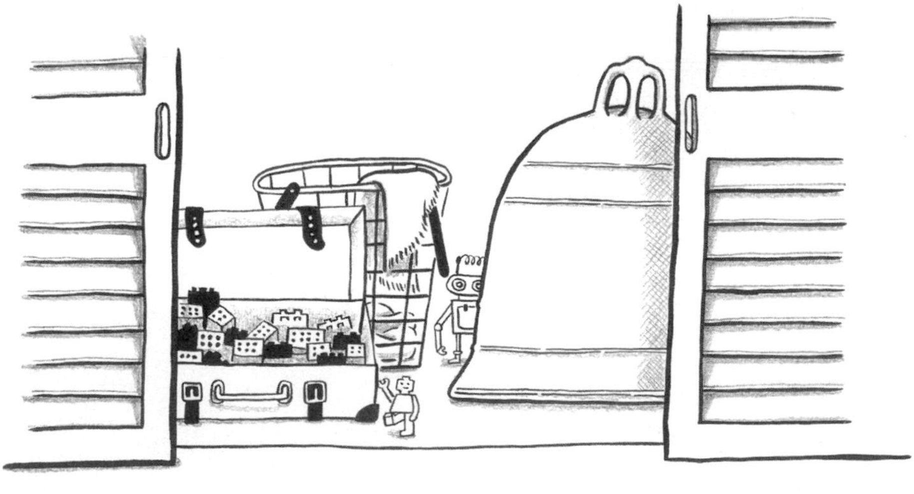

說，「那你就說說看，我們是要怎麼在晚上以前把鐘抬出你的地下室，掛回山頂上。」

16 回復原狀

回復原狀
（revert，動詞）
恢復原來的的做法或是物品原始的樣貌。

彼得一定會為他感到很驕傲，伊凡快走到勒佛氏山山頂時心裡這麼想著。新年鐘就掛在木梁上，跟伊凡記得的一樣。看見鐘還掛在那裡，伊凡心中湧出了感激和快樂的心情，他伸出手，捏了潔西一下，和潔西一起走到山頂。

「鐘還在耶。」潔西說得好像還會有別人把它拿下來似的！

伊凡、麥斯威爾跟潔西稍早才剛花了兩個小時，用平底雪橇把鐘拖回山頂上，而且只靠月光照路。他們把鐘掛到鉤子上，再拿繩子把鐘綁在木梁上，潔西還「打了一百萬個結」。把鐘掛好之後，伊凡發現柱子上有幾處碎木片，明天他會帶砂紙上來，把木頭磨得又光又滑，就跟彼得之前教他的一樣。

伊凡點頭回答潔西：「嗯，還在。」新年鐘還在應該在的地方，真令人感到開心。

積雪讓山坡像是鋪上一層白色地毯，清澄冰冷的天空中灑落的銀亮月光，就像是體育場舉辦夜間比賽一樣，燈火通明。伊凡看得見周圍所有的東西，不管是鐘面上的銘文，木梁上的木頭紋理，還是聚集在這裡的人們的臉孔。有些人他認得，像巫普敦太太和布雷德利夫婦，他們是外婆多年的朋友，也有一些新面孔，外婆一定全部都認識，可是她跟媽媽在家裡休息。伊凡覺得很遺憾，除夕夜的這個活動少了外婆，感覺就不一樣。

麥斯威爾跟他的爸媽也來了，他們都穿著越野滑雪板。麥斯威爾一看到伊凡和潔西，就咻的一聲滑過來，舉起手腕，秀出他的數字錶。

「標準時間，十二分鐘三十八秒。」他說，「這是跟國家標準局校對過的，誤差只有十分之六秒。」說完他又咻一聲，滑回他爸媽那邊，他們正在跟一對年輕的夫妻說話。伊凡不知道他們是誰，那個男人抱著小孩，背對著伊凡；旁邊的女人則是一個伊凡沒見過的人。

「我想，已經知道今年年紀最小的人是誰了！」伊凡告訴潔西，手指著那對夫妻。

潔西看了一眼就說：「我都不知道彼得有小孩耶！」

「才不是——」可是伊凡再仔細看，那個人果然是彼得。「我也不知道啊！」伊凡走過去，覺得有點害羞。「嘿，」他跟彼得說：「你也是家裡的男人啊？」

彼得露出大大的笑容，跟伊凡握拳互碰，「還用說。這是我的部隊。凱莉，跟大男人伊凡說嗨。」可是小女孩只是把臉埋進彼得的懷裡，她太害羞了又太想睡覺，不想跟陌生人打招呼。「這位是我的太太，梅麗莎。」

伊凡很有禮貌的跟她握手。梅麗莎說聽見外婆平安無事，總算是放心了。

「你跟你妹妹是英雄喔。」她說。

伊凡看了彼得一眼，彼得揚起眉毛回應。他早就私下訓了伊凡一頓，怪他沒有遵守他們說好的計畫，**在樹林裡亂走，還拖著妹妹一起去！**可是伊凡從彼得的笑容知道他跟梅麗莎一樣，很高興伊凡找到了外婆，而且平安無事。

「現在皆大歡喜了。」梅麗莎說，把凱莉的一條褲管塞進靴子裡，「不過真可惜她不能來，少了她就不一樣了。」

他們站在月光下，談著白天發生的事，以及明天的回家計畫。伊凡和潔西和媽媽明天早晨就會開車回家，外婆也會一起來，或許她會永遠跟他們住在一起。而彼得會繼續修理外婆的房屋，預計一月底就能夠全部完工。

談話中斷了一會兒，梅麗莎問：「今天在場誰是年紀最大的人呢？」大家都左看右看，人群中響起了一陣喃喃聲。**今年誰的年紀最大？**有個男人說：「我五十三。」一個女人大聲說：「五十八，這邊。」有人問：「路易絲太太呢？」人群裡某人回答：「她在家裡，叫我跟大家說哈囉。」

「今年老一輩的人不多嘛。」彼得說，「大概是因為下雪吧。」

伊凡搖頭。如果外婆在這裡，肯定輕輕鬆鬆就能打敗他們，因為她比他們大了二十歲。

「剩四分鐘了！標準時間！」麥斯威爾大喊。

山坡上的人漸漸聚攏，繞著新年鐘圍成了一個圓。「又過了一年了！」有個人喊，庫柏太太則說：「可是卻沒長智慧！」大家都笑了起來。伊凡看著彼得走向圓圈的中央，緊緊抱著凱莉，跟她說悄悄話。說自己五十八歲的那個女人也走向圓圈的中央，不曉得跟彼得說了什麼，逗得他仰頭大笑。

「來吧，潔西。」伊凡說。潔西待在圈子的外圍，瞪著通往外婆家的小路。

「你在等什麼？」伊凡問。

「三分鐘！」麥斯威爾大喊。

潔西卻莫名其妙的脫離了圈子，拔腿跑向樹林，「是外婆，她來了。她做到了！」

山頂上的每個人都轉頭去看。真的是外婆！伊凡不敢相信。而且媽媽也緊跟在後面。

潔西已經抓住了外婆沒受傷的那隻手，正把她往人群裡拉。大家響起了歡呼聲，所有人都戴著手套鼓掌。掌聲傳到了黑熊山，再傳回勒佛氏山的山頂上。

「兩分三十秒！」麥斯威爾大喊。

「我猜我是在場最老的吧？」外婆說，走進了圈子裡，呼吸粗重。

「對，奶奶，」彼得說，「凱莉是最小的。」

「那，我們就可以開始了！」外婆說，「只不過——」她四下看了一圈，在人群中搜索。「只不過今年，我想要——」她看見了麥斯威爾，揮手要他過去，「麥斯威爾，還有潔西，你也是。還有……還有……」

「外婆，我們不能敲鐘！」潔西說，「傳統不是這樣的啦！」

「我才不管！」外婆說，「今年我要來點不一樣的。我要……」她仍然看著人群中的每一張臉。伊凡不自在的動了動腳，外婆的眼睛終於落在他的臉上。

「你！」她說，「過來這裡。我也要你一起。」

伊凡向前走，覺得自己很悲慘。被外婆忘得一乾二淨是很可憐，但是更糟糕的是，當著那麼多人的面前被她忘記。他總覺得一定是他做錯了什麼事，所以才會受到這種懲罰。

外婆抓住他的肩膀，把他拉過來靠著她。她低下頭，額頭碰著他的額頭。在明亮的月光下，伊凡能看見外婆嘴角像蜘蛛絲一樣的皺紋，還有眼睛四周的細紋。她的臉好像很害怕。他也害怕。她會怎麼做？她會說什麼？

「我認識你，」她低聲說，「我真的認識。我只是沒辦法……我沒辦法想起來。可是**我認識你**。」

伊凡點頭。「沒關係的，外婆。沒關係。」

「十、九、八……」麥斯威爾大喊，他的數字錶的光把他的臉映成綠色的。

他們必須擠在一起，彼得抱著凱莉、伊凡、潔西、麥斯威爾、外婆，每個人都抓住一點大鐘舌下垂著的繩子。

山上的人都一齊大聲倒數。「……五、四、三、二、一！」

伊凡用力搖著鐘，他們五個人拉著繩索，

搖往不同的方向，所以頭幾聲鐘響不夠宏亮也不夠清脆。不過後來他們找到了節奏，一起來回搖鐘，最後鐘聲填滿冰雪覆蓋的山谷，而每一個回音都從黑熊山那兒傳回來，一聲接一聲傳到他們這裡。

伊凡覺得今年的鐘聲不一樣了，是因為搖鐘的人是自己嗎？還是因為鐘曾經拿下來又掛上去嗎？鐘聲聽起來比較低沉，有一點點悲傷。然後他再仔細聽，不，是一樣的，跟以前一樣。

既不一樣又一樣。

凱莉的腳在彼得的懷裡踢著，然後仰頭對著夜晚的天空歡叫。

「哇，很少見耶！」麥斯威爾大聲喊，外婆也哈哈笑，跟以前一樣，笑聲既宏亮又隆隆響。

伊凡笑著看潔西，潔西也笑著看著他。「新年快樂，小潔！」他大聲叫，壓過撒野的鐘聲。

「我為了維護和平而
敲響警鐘。」

元旦

潔西・崔斯基

讀書會

由閱讀典範教師林怡辰老師領軍帶路，
透過十五個精心設計的學習活動，
打通思辯經脈，累積理解能力，
從「隨性閱讀」進階至「策略閱讀」，
進而培養同理心素養。

身邊「不一樣」的人

題目設計／彰化原斗國小教師林怡辰

一直很喜歡檸檬水系列的書籍，從第一集談行銷、到第二集數學和法律，第三集談喜歡、詩和報紙，題材總是新穎卻又在孩子身邊重要的議題。到第四集，更令我眼睛一亮，說的是外婆和以前「不一樣」，不認識伊凡，還發生很多突發狀況。

故事另一個主軸是新朋友麥斯威爾，他和一般我們認識的朋友不一樣。這些不一樣不一定都是不好的，但怎麼察覺這些不一樣、接受這些不一樣、學會和這些不一樣相處，是每個孩子都有機會遇到的課題。再次讚嘆檸檬水作者的巧思。

下面十五個提問，期待您與孩子一起閱讀這本書，說說這些題目的看法、和孩子分享和討論，沒有對錯，但可以讓閱讀更深刻。

1 剛從醫院回來的外婆不一樣了，書中描述了她有哪些地方不一樣了，請找出書中的說明不一樣的句子？

2 書中伊凡第一次和外婆外出散步，外婆突然不認識他。最後伊凡是如何安全把外婆帶回家呢？

3 潔西在最後能知道外婆可能去了哪裡，對照書中前半部，作者是怎麼提到帳篷的事情呢？你覺得作者這樣安排合理嗎？

4 外婆最後躲在帳篷裡等公車時，又不記得伊凡，伊凡怎麼說服外婆和他一起離開？如果是你，你還有什麼其他方法？

5 最後作者以外婆對伊凡的話：「我真的認識。我只是沒辦法……我沒辦法想起來。可是我認識你。」伊凡點頭，「沒關係的，外婆。沒關係。」你喜歡作者這樣的安排嗎？為什麼？

6 從書中找出麥斯威爾讓人覺得特別的地方。（參考方向：拼圖能力、影集、說話、和人交際等。）

7 念一念麥斯威爾和潔西的對話，想一想，潔西為什麼會覺得麥斯威爾和她一樣？你覺得他們兩個有哪裡一樣？

8 故事中，外婆、潔西、麥斯威爾都一起玩拼圖，想想看，作者想藉由三人拼圖方式不一樣，而告訴你三人做事和思考有什麼不一樣？

9 面對外婆不見時，伊凡一開始有哪些思緒和感覺，請你一一寫下來；並想一想，如果是你遇到緊急狀況，如果又沒有其他的大人剛好來幫忙時，你會怎麼做？

10 面對衝突時，伊凡評估情勢；而潔西卻堅持一定要救青蛙，如果是你，你在這個緊急狀況下，會怎麼抉擇？有沒有雙贏的方法？

11 想一想，這本書主軸是外婆和麥斯威爾，你覺得作者為什麼要把這兩個人物放在一起？

12 故事裡提到兩個小孩：難道他們生下來就壞？是不是有人生下來是一個樣子，另外一些人又是一個樣子？你心裡的答案是什麼呢？

13 故事中麥斯威爾一直說自己「聰明」，你覺得真正的聰明定義是什麼？以你的定義，你認為麥斯威爾聰明嗎？

14 故事的最後，伊凡覺得「今年的鐘聲不一樣了，是因為搖鐘的人是自己嗎？還是因為鐘曾經拿下來又掛上去嗎？鐘聲聽起來比較低沉，有一點點悲傷。然後他再仔細聽，不，是一樣的，跟以前一樣。既不一樣又一樣。」想想，不一樣的是什麼？一樣的又是什麼？

15 這個故事裡的鐘代表什麼意義？從潔西這麼堅持要找到新年鐘、外婆每次看到鐘不見了就會變得不一樣、以及故事最後一定要用鐘結尾……你覺得故事中的鐘代表的是什麼抽象的意思，可以把整個故事的主旨串聯起來呢？

樂讀456 075

檸檬水戰爭4：消失的新年鐘

作者｜賈桂林．戴維斯
插圖｜陳彥伶
譯者｜趙丕慧

責任編輯｜楊琇珊
封面設計｜周以芳
電腦排版｜中原造像股份有限公司
行銷企劃｜葉怡伶

天下雜誌群創辦人｜殷允芃
董事長兼執行長｜何琦瑜
兒童產品事業群
副總經理｜林彥傑
總編輯｜林欣靜
主編｜李幼婷
版權主任｜何晨瑋、黃微真

出版者｜親子天下股份有限公司
地址｜台北市104建國北路一段96號4樓
電話｜（02）2509-2800　傳真｜（02）2509-2462
網址｜www.parenting.com.tw
讀者服務專線｜（02）2662-0332　週一～週五：09:00~17:30
讀者服務傳真｜（02）2662-6048
客服信箱｜bill@cw.com.tw
法律顧問｜台英國際商務法律事務所．羅明通律師
製版印刷｜中原造像股份有限公司
總經銷｜大和圖書有限公司　電話：（02）8990-2588

出版日期｜2018年12月第一版第一次印行
2022年6月第一版第九次印行
定價｜280元
書號｜BKKCK012P
ISBN｜978-957-503-124-4（平裝）

訂購服務
親子天下 Shopping｜shopping.parenting.com.tw
海外．大量訂購｜parenting@cw.com.tw
書香花園｜台北市建國北路二段6巷11號　電話（02）2506-1635
劃撥帳號｜50331356 親子天下股份有限公司

國家圖書館出版品預行編目（CIP）資料

檸檬水戰爭4：消失的新年鐘 / 賈桂林．戴維斯 (Jacqueline Davies) 文；陳彥伶圖；趙丕慧譯. -- 第一版. -- 臺北市：親子天下，2018.12
168面；17×22公分. --（樂讀456系列）
譯自：The bell bandit
ISBN 978-957-503-124-4（平裝）

874.59　　107020295

THE BELL BANDIT
by Jacqueline Davies